a história de roma

COLEÇÃO GIRA

A língua portuguesa não é uma pátria, é um universo que guarda as mais variadas expressões. E foi para reunir esses modos de usar e criar através do português que surgiu a Coleção Gira, dedicada às escritas contemporâneas em nosso idioma em terras não brasileiras.

CURADORIA DE REGINALDO PUJOL FILHO

DE JOANA BÉRTHOLO

Ecologia

Natureza urbana

A história de Roma

Edição apoiada pela Direção-Geral do Livro, dos Arquivos e das Bibliotecas / Portugal

Joana Bértholo

a história de roma

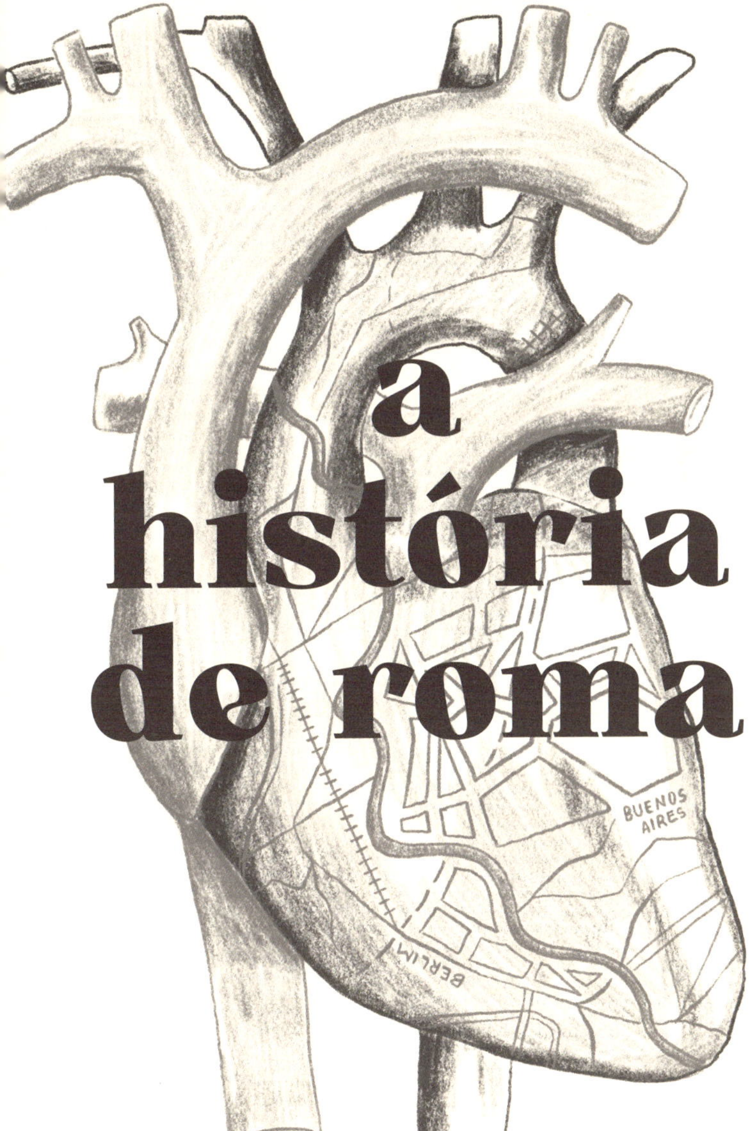

Porto Alegre São Paulo · 2024

7	Lisboa: solstício de verão
15	Dia 1
49	Dia 2
65	Dia 3
81	Dia 4
115	Dia 5
151	Dia 6
181	Dia 7
213	Dia 8
221	Dia 9
225	Dia 10
239	Maputo: equinócio de primavera
253	Créditos e agradecimentos

Lisboa:
solstício de verão

Hoje passei muito tempo a ver fotografias daquele ano, dez anos atrás. Uma em particular, a única que tenho de Buenos Aires quando tu já não estavas. É uma foto de grupo. De pé, eu, o Juan e a Osa. O Juan segura um pincel e uma capa de cartão, que finge pintar. Sentados à nossa frente, o Ricardo, com o queixo cortado pelo enquadramento, e um rapaz de quem esqueci o nome. Pouco se vê da *cartonería*: na parede atrás de nós a imagem de Che Guevara, a preto e branco, de charuto alçado, junto a duas insígnias em cartão. Uma brada Eloísa Cartonera num abuso de cores disponíveis e outra, pintada de amarelo e azul, carrega a sigla CABJ — Club Atlético Boca Juniors.

Não me recordo de termos tirado esta foto, muito menos de quem a tirou. Não me lembro daquele casaco furtado de armário alheio, nem de ter sorrido no período pós-Montevideu. Ainda assim, a fotografia documenta o meu empenho em esticar a comissura dos lábios. A minha cara está inchada, o meu pescoço dilatado e trago o braço ao peito, mas apenas o pulso está ligado. Seria simples reproduzi-la, à fotografia, mas interessa-me a confiança que se estabelece entre quem conta e quem escuta. Afinal, o que prova uma imagem? Colocá-la aqui contrariaria a evidência de que engessar o braço é uma ficção fácil. Que eu podia nem o ter partido mas necessitado de o encenar, para poder voltar para casa mais cedo ou para que na Eloísa recebessem algum tipo de abono. Qualquer confiança terá, portanto, de se estabelecer num lugar mais profundo. No mundo em que vivemos, entre Photoshop e deepfake, as imagens tornar-se-ão cada vez menos fidedignas, menos até que as palavras.

As imagens mais verdadeiras são aquelas que mentem. Se lembrarmos, ou googlarmos: "autorretrato de Picasso", *enter*, "autorretrato de Frida Kahlo", *enter*, e o mesmo com "Warhol", "Francis Bacon" ou "Cindy Sherman", *enter*, é evidente que o desvio da ilustração fidedigna é o que melhor os representa. Pode um texto funcionar como esses autorretratos?

Naquele tempo, do braço engessado, acreditava que, se um dia fosse mãe, lhe daria um nome de lugar. Lassa ou Cairo, se nascesse rapaz; Odessa ou Roma, se rapariga.

Trazer uma pessoa ao mundo deve ser como inaugurar uma capital ou descobrir uma floresta virgem. Todas as cidades ou florestas previamente visitadas devem significar pouco perante aquela nova topografia. Imagino que será necessário determinar cada costume de raiz, cada recinto ou cruzamento. Tornar-se mãe não andará longe de recomeçar a civilização.

Imagino.

Em viagem, cada pessoa junto de quem nos apeamos é um novo território, com as suas múltiplas atmosferas, fases férteis e de pousio que ciência nenhuma adivinha. A cada um a sua forma de chover, o seu jeito de dar fruto. Há gente que é à beira-mar, de bom convívio, ou escarpada. De quando em quando, encontrar alguém com desertos dentro, com paisagens interiores absolutamente tropicais. Com sorte, perder-se nele.

Mas nunca quis ter filhos.

Tanto quanto nunca quis *não* ter filhos. Ou seja, *não* nunca quis ter filhos; ou nunca *não* quis ter filhos; ou nunca quis ter *não* filhos; ou até: nunca quis ter filhos *não*. Experimentei um *não* em cada posição da frase, falhou-me a sintaxe.

— Então e tu? — perguntavam-me outra vez.

— Acho que não... — respondia, se respondesse.

O incómodo era admitir que não achava nada. Nem desejo, nem repulsa. Não queria nem deixava de querer os filhos elipsados nesta interpelação. Então e eu? Não soavam ponteiros, campânulas, alarmes, nem qualquer outro tipo de comoção hormonal. Trazia a potencial maternidade como um vestido largo, sem necessidade de o cintar ou lhe definir uma forma. Permitia-me acreditar que poderia pensar nisso num tempo idealmente remoto, quando me sentisse preparada. Não concebia (verbo do qual não abusar) que, nos trinta, iria deitar-me com uma borbulha de acne tardio e, ao acordar, encontraria no espelho a primeira ruga e o primeiro cabelo branco. Sem transição: houve um momento em que tinha todo o tempo para conspirar filhos e futuros e, no seguinte, cada dia era um dia a menos para me decidir.

Então e tu?
Está na altura.
Tens bom corpo.
A tua irmã vai no terceiro.
Com a tua idade já tinha dois.
Aproveita agora, que tens energia.
Nunca fui tão feliz quanto na gravidez.
Depois custa mais. É perigoso.
O parto é terrível. Mas esqueces.
A namorada de um amigo meu deixou para a última e teve prematuro.
O teu namorado tem ar de bom pai.
Se não te despachas, ele vai à sua vida...
Os filhos solidificam a relação.
Aquela mulher, na praia, que não percebia como eu tinha alegremente passado a tarde a fazer carreirinhas na água com os filhos dela, mas não tinha ainda os meus. A outra, com prole para um quarteto de cordas, que me agarrou no braço:
— Olha que te arrependes...
Os dedos cravados na minha pele, o tom de oráculo.
(Vais arrepender-te)
Se ousas retorquir ou sugerir que possa não ser para ti:
É porque ainda não encontraste a pessoa certa.
Deixa vir os quarenta que te dá a urgência.
Tiveste uma infância feliz? Não, pois não...?
O que é que te fizeram...?
Darias uma boa mãe!
Se não trabalhasses tanto...
Não podes pensar só em ti.
Põe os olhos na filha da Suzete/na tipa da imobiliária/na vizinha do segundo esquerdo/na professora do Tomás... Não queiras que te aconteça o mesmo!

E na reforma?
Quando fores velha, quem é que cuida de ti?
(Vais arrepender-te)
Quem herdará as tuas coisas?
Não pensas em perpetuar os genes?
Não te incomoda que pensem que há algo errado contigo?
Não tens medo de olhar para trás e sentir que falhaste?
Que vieste à vida e não te cumpres?
Desperdiças um útero.
(Vais arrepender-te)
Uma boa amiga, depois do segundo filho, a insistir:
Tens de ter um. Nem que seja para sentires a maior onda de amor que alguma vez irá passar por ti.
E as outras, os outros:
É o único amor incondicional.
É o melhor do mundo.
Nada se compara.
Traz maturidade, faz-te crescer.
Ser mãe realizou-me.
Ser pai tornou-me numa pessoa melhor.
Deu-me um propósito.
E se te arrependes quando for tarde demais?
Vais arrepender-te.

DIA 1

Quando chegaste a Lisboa, esquivaste-te a clarificar se vinhas ver-me, a mim, ou à cidade. Deixei passar uma semana porque não te quis na celebração do meu aniversário. Lutei contra a tentação de fantasiar com os teus trajetos e com a proximidade aos meus. Passavam-se os dias e eu pegava no telemóvel só para voltar a pousá-lo. Não sabia o que dizer. Talvez tivesses já partido: não tinhas mencionado quanto planeavas ficar. Quando escrevi, perguntei onde estavas. Apesar de te teres hospedado num serpentino bairro histórico, uma linha reta unia a minha à tua morada. Calhaste numa rua de Alfama de que nunca tinha ouvido falar mas que o mapa posicionava a uns inconcebíveis mil e cem metros.

Sugeri que nos encontrássemos no Largo do Intendente, reconheceste-o. "Lisboa é pequenina", escrevi — de repente Buenos Aires imensa na minha memória. Ao descer a colina, senti o corpo tenso e reticente. A luz tardívaga rebatida nas fachadas, pintava-as de carmim e acentuava a impressão onírica daquele reencontro. Este texto já se escrevia sem que eu o notasse ou anotasse: éramos agora duas personagens.

Não foi imediato reconhecer-te entre a multidão que concorria aos concertos. Eu já não era plenamente eu, aquela que fora e, quando te vi, tu tão-pouco. Chocou-me a impiedade dos anos. Traços fisionómicos afundados, linhas que perderam firmeza; sobretudo, um brilho ofuscado. Entre a conversa que reaviva a camaradagem e o humor cúmplice, recuperei um turbilhão de sensações que ao longo dos últimos dez anos me tinha empenhado em rasurar. A memória de alguém que se quer muito, ou se julgou querer muito, ou se quis muito um dia.

A noite foi entrando bar adentro e elevando o volume da música. Inclinaste o tronco na minha direção como uma rampa de lançamento para a voz. Eu dei-te a linha curva do pescoço. Os apontamentos de luz incidiam na tua face acentuando o cansaço. Quase um outro rosto. Quase um outro homem. Eram tantas as perguntas acumuladas ao longo dos anos que, afinal, não perguntei nada. Fixei o contorno dos teus lábios enquanto falavas, arroxeados pelo vinho. Antes de nos despedirmos, tão pouco sóbrios quanto os noitibós que declinavam o convite do segurança do bar, consegui perguntar quanto tempo planeavas ficar em Lisboa. Impassível, disseste apenas que não tinhas voo de volta.

Voltemos a Buenos Aires — era o que eu queria ter dito nessa noite.

Porque houve um dia em que o amor não era uma forma de devastação mútua. Uma manhã que clareou longe, num formigueiro metropolitano de quinze milhões. Eu, recém-chegada, rascunhava um proémio em que certos nomes — Almagro, Recoleta, San Telmo — formavam um só bairro no território da minha ignorância. Descobria uma megalópole difícil de abarcar, num arranque penoso: a canícula; os tecidos pegados à pele; o mapa pegado à esquadria; e as investidas dos homens pegadas a mim, num constante e indiscriminado *chamullar* — digo "chamuchar". Deste verbo é possível inferir todo um tratado de ânimos e costumes. É um termo do *lunfardo,* dialeto de imigrante, gíria argentina e uruguaia que governa as ruas. É o idioma oficial do tango:

La encontró en el bulín y en otros brazos
Sin embargo, canchero y sin cabrearse
Le dijo al gavilán: puede rajarse
El hombre no es culpable en estos casos.

Na tradução mais elegante, *chamullar* seria "fazer a corte", mas a sua vivência quotidiana é mais bem representada por "bater couro". Nenhuma traduz a dança de galanteios que a prática implica. Junte-se o dulcíssimo sotaque, a entoação dengosa, o *chechear*, o humor sardónico — e a minha primeira paixão foi a prosódia. Na mais módica interação, nas platitudes e nas blandícias, ao café e no teledrama. Bastava escutar. Um deleite ubíquo que converteu um encontro de início áspero, por vezes exasperante, num grande amor. Refiro-me a Buenos Aires — um amor com muitas histórias de amor por dentro.

Como a de Eloísa. Da original, da musa, tudo o que sei se conta numa frase: é o nome da beldade que arrebatou o coração do artista Javier Barilaro, sem venturoso desenlace. Não nos ocupemos do que deveras se passou entre eles, mas do instante em que Barilaro decidiu lançar tudo à arte e deixar arder. Eloísa foi o nome dado à editora que criou com Fernanda Laguna e Santiago Vega, conhecido por Washington Cucurto. À minha chegada, em 2008, Barilaro tinha partido rumo a novas aventuras criativas. Eloísa tinha-se já estabelecido como uma cooperativa sustentável e inspirado uma numerosa família sul-americana: Dulcineia Catadora em São Paulo, Sarita Cartonera no Peru, Animita Cartonera no Chile; na Bolívia, no México, no Paraguai.

A editora *¡más colorinche del mundo!* tinha nascido em 2003, mas pede que recuemos a 2001, quando o país enfrenta uma feroz crise, agudizada por restrições que ficam conhecidas por *corralito*. Durante um ano, milhares de pessoas perdem acesso ao seu dinheiro, veem as poupanças bancárias congeladas. Instala-se a desordem e proliferam ações de revolta. O motim toma as ruas, das janelas se percussionam caçarolas, a chusma indignada protesta contra a corrupção e a exploração neoliberal que os arrastava para a pobreza. O aumento do número de *cartoneros* e as formas de organização comunitária que desenvolvem — cooperativas, assembleias populares e outros formatos de autogestão — começam a ameaçar o lobby dos detritos urbanos, onde se move muito capital. Travam-se batalhas jurídicas e de rua, com golpes de alto nível (como a tomada dos meios de comunicação com campanhas que lançam a opinião pública contra os *cartoneros*) e golpes baixos (como espalhar vidros dentro do lixo para que se cortem ao respigar). A economia não recupera e muitos são forçados a enfiar-se nos contentores em busca do que comer, vestir ou trocar. É o fim da linha na vida de uma grande cidade e, em Buenos Aires, está em cada esquina.

Devo atalhar na trajetória desta classe que a miséria inventou e dos seus recantos sinistros para chegar ao momento em que três artistas — Barilaro, Cucurto e Laguna —, postos bem no olho do furacão, lançam mão a este cartão e a esta desigualdade. Começam por comprá-lo a preços um pouco mais justos e criam uma cooperativa que tira da rua uma dúzia de *cartoneros*. A primeira *cartonería*, carinhosamente diminutivada *la carto,* abre na Brandsen — digo "cáché Brandsen" —, no bairro de La Boca. É uma loja de dimensões modestas, atravancada de estrados e cavaletes de madeira; cadeiras desalinhadas e bancos coxos; e cartão, muito cartão. As linhas paralelas das estantes imprimem ritmo à parede lateral, onde o florescente catálogo da editora é exibido de rosto alçado, destacando as capas pintadas manualmente. São objetos rudimentares, sarapintados com cores garridas, sem muitas regras ou expectativas de parecença com os objetos solenes que encontramos nas livrarias. Livros lindos, no seu jeito desengonçado.

A convivência inicial não é fácil. Ficamos retidos em preconceitos: calha eu ser europeia, portanto representante oficial da arrogância colonialista e do norte locupletado à custa do sul; da pilhagem secular de um continente fértil e rico em recursos, e da condescendência das ONGs e bolsas de voluntariado como a que me traz, com as suas discutíveis definições de "ajudar" e "salvar". Apareço na *cartonería* no dia seguinte a darem a entender que não faço falta. Insisto em meter-me nas tarefas, com as pessoas, no tempo livre leio os autores do catálogo. Tento tornar-me prestável e falho, estorvo, pelo menos até ao dia em que percebo que útil, neste sítio, é antes de mais nada, aprender a preparar — digo "cebar" — o mate.

Digo bastantes vezes "lá chérbá". Antes de provar, aproximo o nariz da embalagem aberta e experimento o travo seco desta erva. Lembra-me madeira, terra, chá verde e Oriente. Examino pedaços de folha e talos de planta seca. Ao lume, a água a aquecer. Tenho ao pé de mim uma pequena vasilha escavada numa metade de coco e uma palhinha metálica a que chamam *bombilla* — digo "bombicha". Bebe-se em qualquer altura e em qualquer lado. Partilha-se com amigos e com estranhos. Pela rua, transeuntes com termos a tiracolo, dependurados; e nenhum pejo de se servirem em plena paragem de autocarro, fila do supermercado, onde estejam. Já mo ofereceram em inúmeras ocasiões e insistiram quando respondi *no gracias*, pela repulsa em partilhar o bocal com um desconhecido. Ainda assim, tenho de saber o que é. Compro num quiosque perto de casa ingredientes e acessórios e tento prepará-lo, seguindo instruções na internet. Um vídeo de oito minutos para explicar uma sequência de gestos simples. Ao primeiro sorvo, franzo as sobrancelhas e encolho os ombros. Desisto ao segundo sorvo. Deito ao lixo a pasta verde-escura humedecida e preparo um iogurte com mel para afugentar da boca a sensação acérrima.

Na *cartonería* há sempre uma cabacinha a rodar, também esta denominada *mate*. Explicam-me que não devo recusar, que partilhar um mate é uma forma de estar junto tão importante como contar histórias ou pintar livros. Não posso evitar reparar que qualquer estranho que entre é convidado a chuchurrear connosco. Prefiro por isso ir adiando a iniciação cultural; até ao dia em que Ricardo me intima: "¡*Che*, não podes viver na Argentina sem provar o mate!". Puxa-me para junto de um bico de gás e inicia uma aula que, traduzida em gestos (a quantidade de erva no recipiente, colocar a *bombilla* antes da erva, como verter a água aquecida), levaria menos de dois minutos; mas que, com as interpretações filosóficas e as constantes alusões à alma de um povo, à essência da comunhão, aos benefícios da erva no organismo, excede bem os vinte.

Para desenfastiar das ininterruptas teimas sobre política, futebol e economia, os argentinos altercam-se na definição do que é um bom mate e nos exigentes trâmites da sua preparação. Os partidários das marcas Cruz de Malta ou Rosamonte rivalizam-se com intensidade idêntica à de um Boca-River — um Benfica-Sporting ou Boavista-Porto mais sangrento. Ricardo é partidário do ritual enquanto prática unificadora e democratizante: "Ricos e pobres, todos bebem mate", explica-me, como quem resolve um enigma da condição humana. Discorre acerca das lendas originárias ligadas ao povo guarani do nordeste do país, que passou o hábito aos colonizadores espanhóis. "¡Mirá! Há mates pintados, de metal, de madeira, caríssimos ou improvisados num copo". É visível o seu entusiasmo. "Um argentino chega a tua casa e não repara no pó sobre as estantes ou no valor das porcelanas. Ele quer ver como partilhas o mate. Somos meticulosos. Não ofereces a quem entra um mate que está a morrer", ou seja, depois de um certo número de sorvos a erva perde sabor, "nem com água fria. Nunca! Também não podes deixar ferver a água nem deitá-la sobre a erva demasiado quente, vais cozê-la. 75 a 82 graus: nem mais, nem menos". Olho em volta por um instrumento medidor. "Há todo um código para o que significam as diferentes inclinações da *bombilla*, o que podem querer dizer. Mas isso fica para uma próxima conversa". A *cartonería* parou a assistir a esta iniciação e vejo que ninguém estranha a proposta de palestras futuras. "Hoje temos de falar de como circula. É da responsabilidade de quem *ceba* manter a direção e não o deixar morrer em nenhum apeadeiro".

— Ah, e não é um microfone! — acrescenta um cliente habitual.

Todos se riem. Pergunto o que quer dizer. "Que não ficas agarradinha a ele enquanto falas. Bebes e pões a circular". Está certo. "E não ajeitas a posição da *bombilla*, estás a dizer ao *cebador* que não a colocou bem". Claro, não mexer. Beber e passar. "E tens de fazer algum ruído ao beber. Sei que vocês, europeus, não..." Uma mudança na minha expressão roga-lhe que não recomece a conversa do "vocês, os europeus". Ricardo recua. "*Bueno*, beber silenciosamente é falta de cortesia, lembra-te disso". Uma curta pausa. "Mas demasiado ruído ao beber pode estar a dizer que há um problema na preparação". Como quem aprende a tocar um instrumento, afinarei esta nota sorvida. "Prepara então o teu primeiro mate!". Uma dezena de olhares fixada em mim como se fosse dar início a uma cirurgia cerebral em alguém querido. Ricardo tinha-me deixado a água à temperatura adequada — assim é fácil —, só tive de colocar a *bombilla* no ângulo que me pareceu correto, deitar a erva e verter a água quente. "Agora, a quem ofereces o primeiro trago?". Era a pergunta para vinte milhões, não podia falhar. Olhei em redor.

"Lembra-te que o primeiro é o mais amargo, mas também o mais cobiçado".

É numa feira do livro que te vejo pela primeira vez. Quando há tarefas afastadas da *cartonería*, é certo que me recambiam. Assim vou parar à FLIA, sigla para Feira do Livro Independente. O A é de Alternativa, Autogerida, Amiga, Anárquica, Ateia, Adstringente e Amorosa — não que retenha este tipo de informação, pelo contrário. Guardei um panfleto.

Apesar de conhecer mal o catálogo e não dominar o idioma, confio nos meus companheiros de trabalho quando me explicam que autocarro apanhar — *tomate un bondi* — e onde sair; e se me dizem para caminhar seis *cuadras* até chegar ao destino, eu nem pergunto se o trajeto é seguro.

Nunca tinha estado numa Feira do Livro Adstringente. Montada no parque de estacionamento de uma faculdade, caracteriza-a o ambiente informal. Cada editora tem uma banca pequena armada com boa vontade. Eloísa faz sucesso onde quer que vá, com o seu estaminé periclitante apinhado de capas pintadas à mão. Atraente é também o preço, apenas cinco pesos (na altura, o preço de um café) por um excerto dos argentinos Piglia, Perlongher, Fogwill ou César Aira; do brasileiro Haroldo de Campos; do peruano Martín Adán ou do chileno Enrique Lihn.

Faço uma pausa. Passeio pelas bancas. O calor tórrido vem prometendo o outono, mas não se rende. Torna-me letárgica. Acerco-me da única árvore do estacionamento, uma tília tão monumental que ninguém dá por ela. Reclino-me à sombra e dedico-me a ver pessoas a passar. É então que um impulso *inconsciente* (porque inexplicável, ou inexplicável porque inconsciente) me faz girar o pescoço. Uma forma profética que o corpo assume e que me parece misteriosa. Até hoje.

Olho na direção da entrada. Entre a meia dúzia que transita, distingo pouco mais que uma silhueta masculina de calças azuis, camisa bege e uma mala volumosa a tiracolo. Prende-me a cadência invulgar, trata-se de um baile que caminha. É então que ouço: "É ele", dito por uma voz dentro de mim. Acusma ou pensamento. É ele, a caminhar na minha direção. Apenas que não caminha na minha direção, mas na sua. Aproxima-se: é mesmo ele.

— Ele...?!

— Tu, claro. A tua juba negra, a tua barba mal escanhoada, a tua pele tisnada do sol. O teu olhar.

Os teus olhos escuros, quase negros, vagueiam pelas primeiras bancas. Passam por mim sem cuidar. Levanto-me. Sigo-te. Desconfortável, quase aflita. Nunca tinha perseguido um desconhecido. Paro quando tu paras, um metro atrás. Suo, tremo, ligeiramente nauseada. Tu cumprimentas alguém sem familiaridade. Finjo olhar noutra direção. Os teus gestos soltos sugerem que não tens percepção de que estás a ser seguido. Temo que todos em volta teçam julgamentos acerca do meu estranho comportamento. Todos menos tu, de costas para o gesto no qual me muno de uma pesada câmara e te fotografo.

Uma primeira imagem tua, de costas, ao centro da composição. A linha descaída dos ombros, a nuca exposta ao sol, a pele bronzeada do pescoço, a mão esquerda pousada num livro. Quando te mostrar esta fotografia, semanas depois, vais sorrir com uma expressão enternecida mas ligeiramente preocupada: *Sos muy loca*, dirás — e com uma gargalhada quente farás com que qualquer desconforto se dissipe.

Please prove you're not a robot. Uma robusta câmara analógica, a minha adorada Nikon F4, dois quilos de perfeita engenharia de materiais feitos para resistir a uma guerra, mas não ao nosso amor.

Add to favorites. Se fosse hoje e eu tivesse na mão um telemóvel, no momento em que me sento a observar quem passa, o mais provável era ter posto a atenção no ecrã e nunca ter reparado em ti.

Like. Isso impressiona-me.

Swipe right. Entretida com as múltiplas janelas, tu terias passado.

Follow. Eu com os olhos postos numa imagem similar a outras imagens que a seguem e a antecedem.

Share. Tu terias passado.

Watch later. E eu não te teria visto.

Log in. Como teria sido Buenos Aires sem nós?

Heart. Penso em tudo o que perdemos enquanto olhamos para ecrãs.

Log out.

Vou tentar pensar nisso da próxima vez que estiver na rua e me sentir ligeiramente aborrecida, ou perdida, e recorrer ao telemóvel por escape, proteção ou consolo.

Save.

O meu colega de banca vem perguntar-me quanto durará ainda a pausa. Balbucio. Continuo retida na interpretação dos teus movimentos, aguardando que a profecia dos gestos se anuncie. A custo retomo o meu voluntariado, esperando apenas que voltes a passar pelos livros que irei tentar vender-te. Não compras nem um, mas trocamos palavras de circunstância, ocasião em que recordo o que foi ter doze anos e não saber falar com um rapaz. Consigo descobrir um par de facetas inesperadas: que não és argentino, mas suíço, apesar do aspecto trigueiro; e que te dedicas à taxidermia. Tendo pouco a dizer sobre o assunto, calo-me, estudo o asfalto. Pergunto como te chamas e não ouço mais nada. Levo comigo o teu nome.

É Juan, o poeta chileno que se juntou à cooperativa argentina, quem insiste em que o acompanhe à loja de fotocópias ou a encomendar pizza e empanadas para as leituras de fim de tarde. Mas recadejo eu, que não sei onde nada fica ou se resolve. Deduzo que me querem dificultar a vida.

La Boca é conhecida por quem visita a capital graças a uma única via, el Caminito. Umas ruas adentro há um outro bairro, sem chapas de zinco pintadas ou shows de tango. É *vecinal*, popular, e granjeou uma certa má fama. Os guias turísticos alertam os incautos para os seus "níveis de criminalidade". No entanto, o pior que ali me acontece é ter de percorrer as letras do abecedário para ir de A a B. Às vezes, ao tentar chegar "só ali ao fundo", à Avenida Regimento de Patrícios, por exemplo, onde apanho o autocarro para casa, interpela-me uma entoação clandestina: "Nena, por aí não". Obedeço e escolho uma perpendicular e depois uma paralela e novamente uma perpendicular. Desenho um L ou um U em lugar de um I. Coleciono letras. Com frequência me perco. Pergunto na Eloísa de que se trata, ao que me recomendam apenas continuar a obedecer. É porque há *líos*, garantem; problemas, perigo, confusão. Convenço-me de que é por isso que Juan insiste tanto que circule. Que enviar-me constantemente a resolver tarefas pelo bairro não é apenas uma forma de me exasperar, mas também de me dar a ver. Se for daqui, uma deles, protegem-me.

Só que os desvios ganham em frequência e amplitude, ao ponto de me parecer inverosímil um nível tão alto de criminalidade. Como saber se estão a fazer pouco de mim? *Por acá no, nena.* Nunca desobedeci.

Na *carto* cabemos poucos no espaço reduzido pela difícil arrumação de mesas de trabalho, cartão achatado e outros volumes injustificados, como pneus e a carcaça de um televisor. Amiúde nos espreguiçamos sem autorização municipal pelo passeio e lugares de estacionamento. O belo destas tardes na Eloísa é estar sentada na comprida mesa armada na rua, a que qualquer um se pode juntar, e observar aqueles que terminam de montar um livro ou pintar a sua primeira capa. Crianças e velhos, poetas e engenheiros, em qualquer um a mesma dignidade: *¡Mirá, mirá, lo hice yo mismo!* Aquele brilho e aquela forma de caminhar de volta à rotina um pouco mais leve, um pouco mais reto, com algo cumprido.

É nestas jornadas sem tempo que ouço a história de Osa, de María, de Ricardo e a aventura de Juan. Comungamos memórias de amor e desamor, miséria e alegria. Há cronologias coletivas, como as do terror falsamente adormecido que espreita nas lendas de desaparecidos; os milhares de torturados, os corpos nunca localizados; os responsáveis por condenar. Enfim, a ditadura militar dos anos 70. O horror terminara sensivelmente à data do meu nascimento e, quase trinta anos volvidos, o trauma ainda se senta connosco à mesa, tão presente quanto eu.

Sou a única que permaneço muda. Ciente de que nenhum dos meus dramas se aproxima das intrigas ubuescas ou do peso histórico do que ouço, esquivo-me à partilha. Só depois de muito insistirem me atrevo a esquissar algumas paisagens: o que foi crescer nos arredores de Lisboa, por exemplo, que pinto com apontamentos de rio, colina e uma luz que melhor se descreve como "indescritível". Falo-lhes de ter sempre querido ser artista sem nunca ter sabido a que arte me dedicar. Conto-lhes como foi pertencer às primeiras gerações do meu país em que se democratizou a viagem por lazer e não exílio. Apesar de quererem muito conhecer as minudências da ditadura portuguesa — "Desaparecia gente?", "Houve tortura?", "Condenaram os caudilhos?", "Nas colónias, como era?" —, são as paisagens narradas na primeira pessoa as que mais os cativam: as peripécias dos interrails; o ano a estudar em Gent; ser estrangeira em Berlim; ou como foi que meti na cabeça que viria para Buenos Aires. "Havia praia onde cresceste?", "Quantas cervejas provaste na Bélgica?", "Percebes tudo o que os brasileiros dizem?", "É certo que vocês detestam os espanhóis?". O manifesto interesse empresta-me confiança para criar personagens merecedoras destes cenários, a maior parte ficcionadas, ou fusões hiperbólicas de pessoas existentes. Deixa de haver dia em que não proponha eu também algum enredo. Autobiográficos e todos muito carentes de verdade.

Os dias na *carto* são tão distintos quanto as suas capas. Recorrente é ter de me levantar para cevar mais um mate — digo *cebar* — porque alguém se queixou de que o anterior *se murió*. O resto é episódico: Ricardo anda de volta do rádio que deixou de trabalhar, María cantarola enquanto dobra papel e Juan volta com fotocópias. Há que preparar mais exemplares de *Cara de ángel*, do peruano Oswaldo Reynoso. Três gaiatos de corpo sumido chegam com cartão e fome, Osa quer saber se alguém viu o gatinho da dona Mercedes, o som da rádio retorna do seu exílio e celebramo-lo com uma *cumbia*. Alegria no trabalho, numa definição extraordinária.

Na Eloísa cada livro é praticamente a sua própria edição. Todos os títulos estão prestes a esgotar. Armamos três, entra alguém, vendem-se dois — há que ir fazer mais. Montamos dois, vendem-se dois. Preparamos mais quatro, vendem-se outros três. Entra alguém à procura de um título que está esgotado — fazemos na hora, na única editora onde os clientes levam consigo exemplares com a tinta fresca a sujar-lhes a mala.

A maioria escolhe o livro pela capa. Lembro-me de Cucurto, abespinhado com o que eu demorava sempre que resolvia pôr mais cuidado, inventar um fundo ou decorar a lombada. Que me estava a dedicar demasiado!, enervava-se, e acrescentava: "*¡Las tapas feas venden más!*".

Os exemplares de cada título estão expostos — não há armazém — empilhados e virados para a frente, lado a lado numa estante. Sabemos quando um livro esgota quando vemos a parede. É quando Juan ergue os braços e os agita em jeito de solução, ginga depois da qual desaparece. Num dia de boas vendas, Juan não tarda mais que minutos na *cartonería*, mal retorna e já se esgotou outro título. Antes de voltar a sair rumo à loja de fotocópias, cabe-lhe encontrar o original entre um sistema de catalogação (a meu ver) caótico. Quando retorna, outro título pede reposição; e assim sucessivamente. Recordo a expressão dele no dia em que lhe perguntei:

— Por que não esperas que esgote mais do que um e assim otimizas as saídas? Vais menos vezes e aproveitas melhor o tempo!

Juan verteu água quente sobre o mate, sorveu, passou-mo, pronunciou o meu nome da forma encantadora que toma em lábios sul-americanos:

— *Chuãna...* para quê aproveitar melhor o tempo, como tu dizes, se o melhor é o tempo passado a caminhar pela rua, a encontrar pessoas, a passear-me?

Tomei o meu mate num sorvo periquito e assumi: se quero chegar a pertencer a este lugar, tenho de mudar de ritmo.

Também o nosso, o teu e o meu, era um outro ritmo. Comecei a pensar em ti nos instantes prévios a ver-te pela primeira vez e não pude mais parar. Uma razão indesvendável dizia que também tu pensarias em mim e isso, nos dias que se seguiram ao encontro na FLIA, fazia-me caminhar pelas ruas com um ânimo glorioso. Cada turba de gente era a linhagem de onde poderias surgir, cada café ou livraria um lugar onde te reencontrar. Saía à rua com um sentido radical de inevitabilidade. É ele, é ele, é ele. Quando foi que permiti a um pensamento tão curto lançar-me num desvio tão prolongado?

Dez anos depois, preciso do mapa para recuperar os nomes de avenidas e alamedas. Esqueci tudo. Mas também sei que, à exceção do parque de estacionamento onde europeias com a cabeça exposta ao sol ouvem vozes, precisamos de uma só morada para contar esta história. Esta não é a Buenos Aires de Borges nem a de Ernesto Schoo. Não tem a sumptuosidade de Palermo nem descrições da Recoleta, não passa no Jardim Botânico e raramente pela Plaza de Mayo — ocasionalmente em trânsito, uma vez em protesto. Precisamos apenas da Calle Brandsen, que não é menos célebre, por nela se encontrar o Estádio Alberto José Armando, La Bombonera, casa do Boca Juniors, onde jogou Maradona. Com o seu amarelo garrido e frisos azuis, é um sítio de cardeal importância para os *porteños* e um quarteirão intransitável em dias de jogo — digo *de partido*. Uns quarteirões adiante fica a *carto* e, mesmo em frente, detrás de umas persianas semicerradas, de um laranja desbotado, descubro com assombro que vive o homem com quem me cruzei há uns dias na FLIA.

Cucurto impacienta-se com a desatenção que o meu olhar vota à capa e ao pincel pousados diante de mim. Fecho os olhos e volto a abri-los na direção do portão de ferro negro por onde acabei de te ver entrar, carregado de compras. Quinze milhões, li eu num guia.

— ¿Qué hacés, Chuāna? — reitera Cucurto.

Quinze milhões de habitantes, tu, eu e uma única rua.

Enquanto o destino brinca com o itinerário dos nossos pés, cruzando-nos e espantando-nos como a sístole e a diástole deste enorme coração citadino, há Buenos Aires por descobrir. Posso dormir até tarde, apanhar um autocarro rumo aos arrabaldes, entediar-me, percorrer os alfarrabistas entre a 9 de Julio e a Corrientes e visitar a biblioteca onde Borges trabalhou. Inauguro as caminhadas sem rumo, percorro as listas de atrações dos guias, da gastronomia típica e das primeiras *milongas*. Aprendo que *milonga* é o termo usado tanto para um tipo de tango, bem ritmado, como para designar o local onde as pessoas que gostam de dançar se encontram, num baile cheio de regras. "Vem comigo à milonga" e "toca uma milonga" estão ambas corretas mas têm significados distintos.

As primeiras amizades que travo em Buenos Aires, fora da *cartonería*, encontram-se a cada noite numa milonga diferente. Nestas tertúlias tenho um primeiro contacto com a música, com as regras de navegação dos casais sobre a pista e com os códigos de relação. Pressinto um sem-número de correspondências implícitas. Passam alguns serões até que alguém insista em mostrar-me os passos, e isso é precisamente na noite anterior a ir comprar o meu primeiro par de sapatos de tango.

Nas milongas que começo a frequentar, o nível de dança é bastante elevado e há preconceitos (para não dizer sobranceria) em relação a novatos, pelo que me vejo forçada a comprar um pacote de aulas. O tango para *gringos* é toda uma indústria, portanto caro, e eu subsisto com pouco dinheiro. Preferia ter aprendido em tempo real, mas após várias tentativas percebi que ninguém me *saca a bailar* enquanto não souber o básico.

Certo dia, saio já atrasada para uma aula que dista do meu apartamento mais de meia hora a pé e atravesso o babélico centro urbano, onde me assarapanto. Paro para confirmar as direções anotadas, quando os acordes de uma atuação de rua me agarram. Algo na risada de quem assiste me cativa. Fico retida nos movimentos dele: um palhaço. Traja as habituais cores garridas, mas não os tecidos sintéticos em padrões básicos. São roupas dignas, elaboradas. Bons materiais. Uma espécie de colete de toureiro com as mangas armadas em balão. A camisa branca debruada com galões dourados. Calças de cós subido, insufladas nas coxas, rematadas com um estampado. Pontuam o figurino uns ténis grosseiros. Não usa aqueles sapatos hiperbólicos dos palhaços, mas tem o andar que lhes corresponde. O resultado é insólito, e cómico. Adultos e crianças riem com gosto, mas não uma gargalhada estridente. Concedo-me dois minutos, que se tornam cinco e transbordam aos quinze. Ciente de estar atrasadíssima, afasto-me e estugo o passo. Para minha surpresa, e uma certa aflição, o palhaço vem no meu encalço. Com o susto, desato a correr. Logo me apercebo do ridículo da reação e paro. Encaro a sua expressão tristíssima. "Desculpa!", rogo--lhe. Volto atrás e pouso a mão no seu braço. "Estou atrasada! Tenho mesmo de estar… Tenho uma aula… Mas gostei muito!". Tenho ideia de lhe ter dado explicações em português. Ele inclina a cabeça e tira de um bolso camuflado nas cornucópias do tecido um delicado catavento, com o trevo rotativo lilás fixado numa palhinha da mesma cor. Agradeço. Sopro nas asas, que rodopiam. Subitamente, um ror de tempo a cirandar à nossa volta. Os barulhos da cidade, ao longe. Uma violenta serenidade.

Viro costas e arranco, desaparecendo na extensão da Avenida Corrientes, tomada de uma tremenda vontade de olhar para trás e ver se o palhaço ainda me olha. Acelero, provoco um encontrão, recebo impropérios que ainda não sei traduzir. Meto-me por uma perpendicular menos concorrida, largo a correr. O batimento a estalejar no peito. Corro até à escola de tango. Muito depois de recuperar o fôlego, trocar de roupa, calçar os sapatos de baile com as suas finas fivelas de veludo bordô, abraçar vários homens em múltiplos tangos bailados, o meu coração ainda troa.

Regresso diariamente àquele cruzamento. Pergunto nos cafés próximos por um artista de rua dignamente vestido, de cartola e calçado desportivo, a face coberta de pó branco e o nariz vermelho. Digo "pájássô", digo: diferente dos outros, que acaricia o riso em vez de o acicatar. Um grupo de senhores mais velhos, desocupados, apontam para a Plaza de Mayo, onde está sediado o poder político: *¡Allá encontrás un montón de payasus!*

Subindo e descendo a avenida, reparo num catavento igual ao meu no bolso da camisa de uma rapariga demasiado nova para cuidar de uma loja sozinha. Uma florista. "Não", sorri ela, "não o vi mais". Baixamos o olhar. "Não me parece que vá voltar. Aqui não há público para o que ele faz". Peço-lhe um arranjo para alegrar o meu minúsculo T0 até então sem enfeite. Mesmo antes de sair, chama-me com a sua voz de menina. Nos filmes, seria este o momento em que me concederia uma pista, qualquer coisa que ele tivesse dito ou feito que conduziria mais tarde a encontrá-lo, mas não de forma conjecturável, só depois de sinuosas elucubrações e um par de coincidências lampejantes. Mas ela diz apenas: "Parece-me o tipo de artista que anda por onde lhe apetece".

No fim de semana seguinte convida-me uma nova amiga, Evie, para uma festa num armazém abandonado, um espaço industrial devoluto, onde se preservaram velhas máquinas, com um pé-direito colossal e paredes descascadas de tijolo. Como tantas das festas a que irei, goza de uma extensa programação cultural — teatro, concertos, uma leitura, debates versando temas políticos e económicos, lutas de género, vendas de artesanato, de petiscos, aulas práticas (digo "táchérés") e sempre dança e farra. Evie é uma escocesa desembaraçada que conheci no tango. Como a maior parte dos estrangeiros na milonga, está em Buenos Aires num regime de múltiplas aulas diárias, algumas com *maestro* privado. De regresso à Aberdeen natal, voltará a ser professora de matemática do primeiro ciclo e não bailarina profissional, como daria o investimento a entender. Chegamos cedo porque Evie tenciona ir a uma milonga a seguir. A pista de dança está por abrir, as atividades familiares estão por terminar. Encostamo-nos ao balcão. São-nos oferecidas bebidas por homens que se aproximam e encetam conversa. Comentamo-lo, entre divertidas e receosas de que possamos estar a ser gozadas. É que estamos rodeadas de mulheres jovens e atraentes e nem eu nem Evie somos o que se possa chamar beldades; apesar de me ter agradado muito, quando primeiro a vi, o longo cabelo ruivo e o nariz sardento. "Devem perceber que somos estrangeiras", arrisca, sorrindo de volta a qualquer um que lhe acena. "Conheces?", pergunto. "Não, mas não me importava de conhecer..." Um tipo alto, esguio, com maçãs do rosto cinzeladas e salientes, um olhar intenso. Aproxima-se de nós e pergunta se pode oferecer uma bebida às *señoritas*, sem nunca tirar os olhos de Evie. Ela ergue o copo. "Ainda não demos conta da oferta anterior". A troca entre eles é flagrante e eu claramente a sobejar. Aproveito para me escapulir sem sequer pôr originalidade no pretexto.

Na fila para a casa de banho, vislumbro pela porta entreaberta dos homens um achado improvável. É tão fugidio que duvido do que vi e, num afobo, empurro a porta. É o palhaço. Usa uma máscara, sem nariz vermelho. A nobreza das roupas identifica-o. E a forma como me encara. Tem as calças em baixo e puxa-as sem pressa. Gira o tronco, enxagua as mãos. Caminha na minha direção. Tenho tempo para pensar que o hálito do palhaço cheira a álcool, mesmo antes de o beijar. Ou de ser beijada. De olhos fechados, espero o seguinte, enquanto me dou conta de que nunca tinha beijado ninguém mascarado, nem no Carnaval nem em festas temáticas, e não sabia que a materialidade plástica da máscara seria fria mas entusiasmante. Quando reabro os olhos ele não está. Um rapaz baixinho pede *permisso*. Cedo-lhe passagem. Ele diz *hola*, eu digo *hola* e deixo-o entregue ao que tem a fazer.

O recinto não é enorme, mas toma proporções aflitivas a partir do momento em que não faço mais que procurar um palhaço. Já a intrometer-me por coxias e proscénios, abro a porta do que percebo ser um camarim e encontro o figurino. Toco na camisa branca e levo os colarinhos ao nariz. Pergunto se aquele é o cheiro dele ou o do personagem que encarna. Sobre a mesa, um espelho mal iluminado, um estojo com produtos de maquilhagem, pigmentos e pincéis. No balde, debaixo da mesa, discos de algodão sujos e papel higiénico amarrotado.

Volto para a festa e estudo cada homem em busca do rubor da pele recém-limpa, vestígios de maquilhagem ou purpurina. Está escuro e reina a fase eufórica da embriaguez.

Avisto Evie, arrolada ao seu gavião. A minha análise da pele dos homens é tomada por declaração de interesse. Os que retribuem mostram-se confusos quando lhes pergunto se por acaso viram um palhaço. Alguém o toma por fetiche e diz logo que não se importa de vestir de palhaço se eu fizer não entendi bem o quê com o nariz de plástico. Agradeço e despeço-me.

Magotes empolgados continuam a chegar. Deixo de ver Evie. Os corpos despidos pelo calor comprimem-se. Esta busca por um estranho tem laivos preocupantes, ou que me preocupam naquele momento, quando me apercebo do paralelismo com a situação da Feira do Livro, que terá sido uma ou duas semanas antes — dos tempos não estou certa. A melhor hipótese é voltar ao camarim e esperar ao pé das roupas dele, mas há algo triste e humilhante nisso, sobretudo se ele demorar.

Encontro o camarim desocupado. Sobre a mesa, no lugar do estojo de maquilhagem, um catavento igual ao que me ofereceu na rua, só que verde.

Os dias na *cartonería* têm agora uma nova tarefa: olhar o portão de ferro negro e vigiar os movimentos das tuas persianas desbotadas. Já apareceste à varanda em tronco nu, cabelo molhado, e penduraste uma toalha turquesa no varandim. Já te vi entrar e sair algumas vezes. Nunca olhaste na direção da *carto*. Quando passa uma mulher à tua porta, antecipo o instante em que ela irá tocar ou simplesmente entrar. Mas nunca acontece. Entra pandilhas de gente carregando o que me parecem ser instrumentos de música, e caixas, outros volumes de mais difícil adivinhação. Que aprontarás aí dentro?

Não é a minha estreia nos amores platónicos. Concluo que é apenas isso o que és. Esforço-me por retirar significado às coincidências e aos imponderáveis, desde o que senti na FLIA até vir a descobrir que moras diante do meu local de trabalho nesta urbe de duzentos quilómetros quadrados. Empenho-me em não esgotar em ti o meu precioso tempo para devaneios. Tendo a falhar. Até que um dia entras na *cartonería* com um sorriso e umas chaves. Contas-me que vais sair da cidade com amigos, vão visitar Tucumán, no noroeste argentino, e que deves voltar dentro de uma semana. Duas, no máximo. Não percebo imediatamente o que está em jogo. Vejo a minha atrapalhação espelhada na chacota dos meus companheiros de trabalho. Assobiam, qual crianças no recreio. Em minha defesa, tornas tudo mais claro: explicas que precisas de alguém que regue as plantas e como eu *sí o sí* venho à *cartonería*, se me importaria de dar um pulinho a tua casa. Ah, e esvaziar os baldes da água das infiltrações. Quando chove cá fora, chove lá dentro — explicas. Eu não testemunhei a queda de uma só pinga de chuva desde que cheguei mas acedo e pergunto de novo, azaranzada:

— Quando voltas?

Não sabes ao certo, duas ou três semanas (vai aumentando). Que me ligas quando souberes. Se já tenho telemóvel? Ainda não. Deixas-me o teu número para que te envie o meu assim que o tiver. Se não, ligarás para o senhor da pizzaria. Por que não ligas para aqui? Tu sussurras o que estes dias está em todo o lado, *acá es un quilombo...* Um quilombo? Uma comunidade libertária? Um lugar no mato para onde fogem os escravos? É — como *chamullar* — um termo que a cada esquina assume um significado distinto. Tanto depreciativo (confusão, desastre, desordem, prostíbulo) quanto elogioso; uma expressão de entusiasmo ou sinal de revolução de hábitos ou ideias. Sais, deixando-me com umas chaves na mão.

— *Te estás armando un quilombito, Chuāna...* — alerta Osa, com deleite. Desta vez será depreciativo ou laudatório?

Assim que te vejo baixar os estores, sair porta fora e desaparecer ao fundo da rua, quero de imediato entrar. Contenho-me, volto no dia seguinte. Rodo a chave que abre o portão de ferro negro que tenho vindo a estudar com devoção. Do outro lado, surpreende-me a amplidão e o pé-direito muito alto do que terá sido uma antiga casa senhorial. Extensas áreas pútridas. Pinga água de diferentes pontos e há poças um pouco por todo o soalho. Não avisto as plantas que me cumpre regar mas baldes abundam, em resposta às infiltrações profundas nos telhados e ao péssimo escoamento do sistema municipal. A luz cai de forma dramática por rachas e frinchas no telhado. Ninhos, traves partidas, cabos suspensos. Cadeiras dispersas, um aparador tosco com garrafas vazias e um estrado de madeira boa sobre madeira velha, indicam que, malgrado a negligência, é um espaço a que é dado uso.

Na *cartonería* tinham-me explicado que este fora outrora o bairro onde os mais abastados construíram solares. Em resposta à violência da febre amarela, no final do século 19, quem tinha meios fugiu para norte, onde ficam os atuais bairros ricos e eram na altura arrabaldes desabitados, campos de verde e ar fresco. É por isso que em La Boca e San Telmo se encontram tantos edifícios decadentes, que conservam uma pobreza apalaçada. É assim este lugar onde vives e onde embutiste a tua dose mínima de conforto. Tem inscrito o luxo de outrora, sem mais cuidado. Contrasta com as moradias ajardinadas de Palermo e Recoleta e com as torres envidraçadas de Puerto Madero, mas sobretudo com o enxame de construções de lata, palha e zinco que se estendem até perder de vista nos subúrbios, nas chamadas *villas* — digo "bichas".

Atravesso a espaçosa antecâmara até uma porta pintada de vermelho a que corresponde a segunda chave. As dimensões da divisão seguinte são modestas. Um teto falso garante que ali não chove. Sem paredes divisórias, ainda assim se distingue bem a zona da cozinha, do quarto, uma área de trabalho e uma sala de estar. Revelam uma sensibilidade diferente — cores e opções de decoração —, que faz com que, mesmo contíguas, não se misturem. Aqui vives tu.

Apesar de me teres pedido para ali estar, movo-me com lentidão e uma importuna comoção transgressora. Sento-me na borda da cama. Repouso em cada detalhe. Desde o primeiro momento, a premonição de estar a olhar para ti. A atenção vagueia: lençóis azuis, a cama por fazer; roupas pelo chão; um sofá pontuado por queimaduras de cigarro; vários cinzeiros com beatas; uma ventoinha de salão pendurada do teto; outras de pé. O chão de madeira está coberto por tapetes com motivos geométricos; e as paredes encardidas ficaram debaixo de uma tapeçaria de papel: cartazes de filmes, desenhos, fotografias, algumas emolduradas. Autocolantes na porta da casa de banho. Mesmo ao lado, um armário de mogno escuro com dois furos circulares no lugar dos puxadores, onde imagino que enfies os dedos para o abrir. Sobre uma mesa, um abre-cartas com o cabo cor de pérola. Na cozinha, o mosaico de romboides tem marcas de desgaste e gordura. Um frigorífico que zumbe. Nele uma cerveja de rótulo alemão, marcas circulares de gordura sobre as prateleiras de plástico. O resquício do cheiro a comida que se putrefez no frio. Fecho o frigorífico. Cheira a tabaco e a ervas queimadas, aguarrás, humidade, cera, especiarias, vinho que cai e não é logo limpo. Há cheiros íntimos indiscerníveis. Há cheiros de oficina, de quando se trabalha um certo material. Acho que é madeira. Cheira a verniz.

Uma escrivaninha carregada de parafernália tecnológica, dois ecrãs, o que me parece ser uma mesa de mistura de som, auriculares, um projetor. Pilhas de papéis, cadernos manuscritos e livros, imensos livros. Empilhados em colunas, a encher uma banheira antiga. Debruço-me, percorro as lombadas. Títulos em francês, italiano e espanhol. Sobretudo ficção e poesia, alguma sociologia e filosofia. Abro um romance de Yasmina Reza, quedo-me numa passagem destacada por ti com um ponto de exclamação à margem. Traduzo livremente:

Um casal é a coisa mais impenetrável do mundo.

Não conseguimos compreender um casal, nem mesmo quando fazemos parte dele.

Pouso o livro. Procuro o regador. As plantas estão disseminadas: no parapeito da janela, sobre a bancada da cozinha, no topo de um maço de folhas manuscritas. São poemas. Folheio. Não os leio. Não toco mais. Neste dia não me permito tocar em mais nada.

A cada dia vou esbatendo a fronteira daquilo que, até ao dia anterior, me parecia intocável. Visito-te todos os dias, à tua casa, apesar de nem as plantas nem os baldes precisarem de tanta assistência. Abro os teus livros e passo o dedo sobre o relevo de algumas dedicatórias. Dedilho a guitarra. Avalio pilhas de jornais e recortes, bilhetes de cinema e de teatro, flyers de festas — digo *bolantes*. Buenos Aires está ali, na forma como uma cidade se imiscui no património de cada um. Todo o meu turismo é passear pelo teu quarto. Os teus pertences são artefactos e eu uma arqueóloga a descobrir nas camadas de sedimentos domésticos que civilização é esta. Que cosmogonia dá sentido a esta existência, que ritos de fé, formas de amor e reprodução.

No guarda-loiças em cima do fogão desvendo a tua marca de erva-mate de eleição — uma questão fracturante — e o clássico *dulce de leche*. Há polenta, quilos de massa, cuscuz, grão-de-bico enlatado, paneer e tahine, o que me relembra que este porto foi destino para a travessia de milhares de emigrantes de diversas origens. Vejo demasiadas gulodices e comida processada e isso é o primeiro defeito do personagem que burilo: culto, lido, viajado, cosmopolita, poliglota, um melómano. Para quê tanta guloseima? Nunca me atraíram homens que se alimentam como crianças grandes.

Estranho não encontrar nada relativo à taxidermia e concluo que deves ser daquelas pessoas que são muito diferentes no trabalho e fora dele. A tua biblioteca cobre uma vasta área de interesses, mas nem um único volume sobre animais e a sua representação.

Ao sexto dia começo a provar a tua roupa. Passeio-me com o teu casaco, sento-me a ler num banco de jardim envergando as tuas calças. Os teus sapatos servem-me. Levo o teu cheiro comigo onde quer que vá. Saio à noite completamente disfarçada de ti. Começas a ser meu.

Ao oitavo dia levo para casa dois dos teus filmes e alguns livros. Um nunca to devolvi: *As veias abertas da América Latina*, de Eduardo Galeano, uma edição em castelhano, de capa preta com uma caveirinha mexicana como único adorno. Só com este livro comecei a entender o quanto a minha chegada à *cartonería* estava formatada por um pretérito histórico que deturpava as minhas declarações de boa vontade. De volta ao meu apartamento, leio:

"Agora a América é, para o mundo, nada mais do que os Estados Unidos: nós habitamos, no máximo, numa sub-América, numa América de segunda classe, de nebulosa identificação."

Por isso se encolerizam quando me refiro aos estado-unidenses como "os americanos".

Neste livro encontrei descrito o saque continuado de um continente por portugueses, espanhóis, ingleses. Foi fundamental para entender o problema de ser europeia, mesmo considerando a ironia de Buenos Aires ser fundada por vagas de imigração e alguns deles poderem ser, objetivamente, tanto ou mais europeus que eu. Tornou-se no meu manual de conversação, bem mais do que o outro, pousado à cabeceira — *saludar y presentarte, frases útiles y gramática básica, tus gustos y aficiones, ir de compras, el voseo.*

Ao décimo dia resolvo explorar um baú que repousa ao fundo do teu quarto. Tinha-o evitado pelo cúmulo de roupa nele empilhada, sobre a qual lanço uma toalha de banho e improviso uma trouxa. A descoberto é ainda mais belo, com os seus desenhos nativos e inscrições coloridas. Não está trancado. Abro-o.

Teria caído se não estivesse agachada. Levo as mãos à cara, chocada. Percebo que a casa esteve a observar-me, que tu me estavas a ver. Tudo isto foi planeado! Solto uma gargalhada nervosa. Levanto-me e desenho oitos pelo quarto. Encaixa tudo de forma magnífica!, mas também perversa. Volto a aproximar-me do baú: dobradas com um cuidado sem eco no desmazelo adolescente que governa a casa, estão várias peças de roupa minhas conhecidas: um colete tipo toureiro ricamente debruado, um par de calças com riscas largas, caneleiras de cor garrida. Debaixo de roupas e adereços, uma mão cheia de cataventos, em várias cores, e a máscara do palhaço que me beijou certa noite numa festa.

Tiveste de te encostar a um carro estacionado à saída do metro de Arroios.

— Sabias que eu iria acabar por encontrar as roupas de palhaço, não era?

Enerva-me que te rias. Dez anos depois, ainda te ris.

Já nos tínhamos despedido várias vezes mas, sem conseguir estancar a conversa, optámos por seguir caminhando. Parámos para divergir, para nos enervar e contrariar. No topo da Almirante Reis deste conta de que tinhas deixado o isqueiro no bar e travaste conversa com o ocupante de uma das tendas montadas nas galerias, que fumava à entrada. Disseste-lhe que moravas em Lisboa há sete anos. Que eras filho de portugueses emigrados em França. Ele referiu-se a mim como "a tua namorada" e tu não o corrigiste. Enerva-me tanto que te rias.

Esta vinda a Lisboa terá um baú? Ainda espero que nalgum recanto exista um pequeno cofre com respostas. Que uma explicação se revele. Que seja nobre e esmerada como os colarinhos engomados do traje de um palhaço triste.

A revelação do baú deixa-me incapaz — de comer, dormir, escrever ou pintar capas. Dias depois, ao palmilhar a Brandsen — *señorita, señorita* —, o senhor da pizzaria que me avisa de que estarás de volta no dia seguinte. Com sentimentos ambíguos, percebo que tenho de me despedir da casa. Entontece-me pensar que irás voltar. Que terei de pôr um homem e as suas mil lacunas onde com primor cuido de miragens.

Antes de fechar a tua porta pela última vez e deixar as chaves na pizzaria, ligo o teu computador. Não tem palavra-passe mas está quase sem bateria e desliga-se de imediato. Ligo-o à tomada. Tamborilo com os dedos na mesa, olho em volta. Sensações que me libertaram nos primeiros dias retornam: nervos transgressivos. Culpa e adrenalina, depois só culpa. Um efeito sonoro característico indica que o computador reiniciou. Endireito-me na cadeira. Estudo o ecrã. Uma das pastas tem nome de mulher, "Caroline", não me atrevo a abri-la. Não abro nada. Descubro que esta incursão não me dá prazer. Sinto-me só a invadir um espaço que não me pertence, mais corrupta no digital que no analógico.

Troco o fundo do ecrã para preto. Crio duas pastas e ponho nelas tudo o que está no ambiente de trabalho. Renomeio-as: à primeira TE e à segunda QUIERO. Quando chegares a casa e abrires o computador irás encontrar um ecrã escuro com duas manchas de luz onde lerás: *TE QUIERO*.

DIA 2

Encontrámo-nos, a pedido teu, num dos meus "lugares prediletos". Tinha dormido pouco, um sono buliçoso que falhou em recompor-me. Apetecia-me um sítio fresco e fácil, protegido do sol. Escolhi a Estufa Fria pelas recordações aprazíveis dos trilhos coleantes e dos sons de pássaros a afugentar a cidade. Imaginei-nos junto a lagos e quedas de água, por entre plantas, a chamar o outro quando uma gota de orvalho prestes a cair do planalto extenso de uma folha de costela-de--adão. Assim se deu, mais gota menos gota, e adicionada a dádiva de luz que rasgava os tetos de vidro com uma precisão que escapara à memória; e os ambientes distintos das estufas frias, doce e quente. Adoraste. Fomo-nos deixando estar. O deslumbre fez-nos desinteressar de qualquer passado.

Foi um erro ter comentado que, justamente um ano antes, tinha lançado ali um livro num encontro bonito e cheio de amigos. Não imaginei que te fosse interessar tanto — de que tratava, como foi recebido —, querias saber tudo. Aturdiste-me com perguntas. Sentámo-nos ao pé dos fetos, numa gruta que serve de miradouro para o paraíso tropical, tão natural quanto artificial. Como quem nomeia preciosas espécies flóreas, descrevi com detalhe as premissas do livro. Falei de estados de exceção, abusos de poder, da restrição de liberdades fundamentais, de invasões de privacidade em troca de ilusões de segurança e saúde inabaláveis. O teu assombro prendia-se com a atualidade dos temas mas também, ou sobretudo, por estas ideias serem expressas por mim. Desconhecias-me.

Os textos que se seguiram a Buenos Aires estavam prenhes de ti e das nossas conversas mas com o tempo o pensamento avançou, alheado à tua mundividência. Li livros que não sabes que existem, conheci pessoas muito diferentes de ti com quem tive diálogos dos quais nada sonhas. Percebi ali que aquele meu texto era violento para ti. Que era difícil admitires que eu tinha avançado; não o meu afecto, mas a minha curiosidade acerca do mundo. Custava-te mais perder a criadora do que a mulher. Isso surpreendeu-me.

No segundo dia de perambulagem, tornou-se manifesto que não encaixavam um ror de memórias. Era como se as minhas te traíssem. Interrompias, "não foi nada assim!", e subtraías-te com alterações inverosímeis. Eu repunha a minha versão, uma e outra vez, alimentando-a com detalhes, datas, nomes, âncoras que a tornassem fidedigna. Descíamos a Avenida da Liberdade quando perdeste as estribeiras. Levantaste a voz, insultaste-me. Eu calei-me, magoada. Escorremos até ao Cais do Sodré e elegemos o único pontão vazio entre os longos dedos da mão que entra pelo rio. Sentámo-nos com as pernas suspensas sobre a água. Não havia brisa e o sol meridiano roubava-nos a companhia das sombras. Estava demasiado calor para um pedido destes, exigente de tempo e desvelo: "Conta-me como foi".

Descreveste um jantar em casa de amigos comuns. Recordaste com brio as manigâncias de que te serviste para te sentares a meu lado. Nomeaste cada um em volta da mesa. Enumeraste temas de conversa. Comemos risoto, garantiste. Recordaste que, mais tarde, à varanda, me estendeste *un porro* e eu não quis fumar. Que eu não tinha bebido quase nada e que receaste que fosse "demasiado certinha", mas que havia um travo de imprudência no meu olhar, disseste, e que a forma de rir e de mexer as mãos não era atinada. Que isso te atraiu. Que eu te lembrava uma rapariga que tinhas conhecido há muitos anos em Nápoles. Falámos sobre ela. Que eu te contei da minha viagem a Nápoles.

Tapei a cara com as mãos. Não, não, não!

— Sei perfeitamente a que jantar te referes: em casa do Mauro, em San Telmo. Mas isso foi semanas depois da FLIA e do teu retorno de Tucumán.

— Tucumán foi bem mais tarde!

— Mais! Nunca tinha estado em Nápoles. Fui pela primeira vez há poucos anos, numa viagem entre Marselha e Istambul. De eu estar em Marselha, não te lembras...?

Um casal de namorados (pensariam o mesmo de nós?) aproximou-se com intenção de partilhar o cais.

— Sim, lembro — disseste, só para me calar.

A morosidade do barco, a atracar com um ronco, ignorava as blandícias do parzinho mesmo ao nosso lado. Recolhi as pernas e troquei de posição, afastando-me de ti.

Se duas pessoas que um dia se quiseram tanto se sentam na margem de um rio sem concordar na direção da maré, como é possível algum dia chegar a contar a história de um povo, de uma guerra, de uma revolução?

Se não concordamos com o início, como iremos concordar com o fim?

— Lembro-me de devolver as chaves de tua casa ao senhor da pizzaria e depois...

Tartamudeio. Consigo evocar situações e intervenientes, frases ditas, títulos pousados à cabeceira, tons e ritmos, só não consigo alinhá-los numa cronologia plausível. Depois?

Depois não sei nada de ti durante o que me parece ter sido imenso tempo. O teu silêncio torna os dias longos mas insisto em não arranjar um telemóvel. O que começou com aquele primeiro encontro na FLIA permanece vivo. Com esse entusiasmo, consagro-me à cidade. São dias de peregrinação sem deus: vou por cada ruela, praça, jardim. Sigo por alamedas debruadas de árvores, furto as fachadas mais coloridas com a minha câmara fotográfica e provo o aroma de cada bairro. Não me peças nomes. Cada passeio era distinto e todas as ruas a mesma. Chamavam-se todas "Buenôzáirez".

Lembro-me de ir ver o Obelisco, o Teatro Colón, a Catedral e o Palácio Barolo. Entrei em igrejas várias sem lhes conhecer o nome ou o credo e percorri os museus. Senti-me defraudada com o Riachuelo que, vim a saber, é um dos dez rios mais poluídos do mundo. Como o Río de la Plata, um caudal acastanhado e inerte ao qual passaria em breve a associar imagens de corpos despejados em altitude de helicópteros. Numa fase inicial, desconheço a ditadura e o terror dos desaparecidos, apenas contemplo a torrente com o asseio que a ignorância abençoa. Mas nem assim me agrada.

O que me cativa são os cafés; os cafés e as livrarias; as livrarias e os alfarrabistas. Falar de livros com qualquer um em qualquer lado. Amiúde alguém me recomenda um autor ou autora *¡Importantísimo!*, *¡Fundamental!*, *¡Imprescindible!*, de quem nunca ouvi falar. É redescobrir a leitura, recomeçar de um outro zero. Sento-me em esplanadas ou sob uma constelação ansiada de ventoinhas de longas hélices que compõem o interior dos cafés e leio, leio, leio. Pouco ou nada escrevo. Saio para dançar, conhecer gente. Digo *sí* a qualquer convite. Começo a descobrir uma dinâmica alheia aos guias turísticos, de ruas humildes mas ricas em vida, inaugurações informais, concertos espontâneos na rua e peças de teatro improvisadas numa garagem com cinco cadeiras, um foco e um tapete. Lembro-me disso. De que me lembro quando me lembro disso?

A primavera. A brisa. Um veranego zunzum de mosquito a circundar os nossos corpos de doce sangue. A tua fixação em fazer amor em lugares públicos. Doer-me a barriga de tanto rir. Adormecer enrolada a ti. O teu cabelo negro na almofada. Os teus dedos na guitarra. O cigarro a arder pendurado nos teus lábios, a sofreguidão em anotar um poema. Tu a explicares que não és crente para de seguida defenderes que somos todos uma expressão de deus. O teu sentido de humor. O teu sotaque ítalo-franco-suíço-portenho ligeiramente nasalado. A tua voz.

Lembro-me de que o gracejo "o meu namorado é um palhaço" se esgota mais rapidamente para ti, eu ainda me divirto passados meses. Raramente trazes o teu clown para casa; exceto quando, nalgum desaguisado, sacas uma flor de papel de um bolso ausente. Ou quando eu amuo e tu te pões a descascar com gestos expressivos uma tangerina que só tu vês, oferecendo-me um gomo imaginário. É difícil, nesses momentos, permanecer zangada.

Lembro-me de roubares a chave de minha casa para que eu fique de uma vez por todas a viver contigo. Que é uma trabalheira obtê-la de novo do senhorio, dizer que a perdi, ouvir a reprimenda, pedir desculpa, garantir que não volta a acontecer, ir à loja encomendar três cópias. Guardo uma em tua casa, outra com Evie, e à terceira escondo-a num canto--caos da *cartonería*. Esta desaparece passados pouco dias e eu convenço-me de tudo o que pode acontecer ao cair nas mãos erradas. Levo cadernos e blocos de notas para tua casa, sujeita à tua troça. O certo é que frequentar aulas de tango é um investimento impeditivo e é irrazoável manter uma renda. Penso-o, tu di-lo. É o fim do T0 alugado.

A convivência vai-me ensinando a ser parte da casa; a conhecer como gostas das torradas ou como enovelas o cabelo com o dedo indicador enquanto lês. Recordo como tudo te serve de marcador — um clip, um fósforo usado, uma embalagem vazia de batatas fritas — menos um marcador de livros. Ofereço-te alguns, feitos por mim, que grudas à porta do frigorífico.

Consigo visualizar as mortalhas sobre a mesa da cozinha, junto de uma maçã e uma banana sazonada, tabaco de enrolar, a rolha de uma garrafa, uma plantação de piriscas. Na parede, uma pequena peça de um puzzle; perceber que há naquilo um passado mas não perguntar.
Fora de casa, alguns instantâneos. As faces rosadas de uma rapariga loira que nos ultrapassa de bicicleta. O convívio com amigos ao cair da tarde na esplanada. Os dois de óculos escuros, apoiados um no outro, a percorrer tresnoitados o mercado de San Telmo. Tu a leres em voz alta um manifesto no Centro Cultural da Recoleta e a seres expulso sob vaias, levando-me pela mão — deliciado pela reação.

Orgulhoso e casmurro: são várias as recordações da tua fúria a pontuar a mesa com o punho. Tens prazer em exaltar-te. Chamam-te conflituoso, mas não possuis a rigidez das pessoas conflituosas, apenas uma atração genuína pelo confronto. Falas de qualquer desconhecido com fel e de qualquer camarada com mel. És tribal. Eu penso em termos de planeta e tu em termos de clã. Perguntas "quem é esse teu mundo?" e eu abro a porta e pergunto "quem é esta gente?". A qualquer hora ali estão, em redor de uma mesa instável, a cozinhar uma refeição solidária para os destituídos do bairro, a construir ou a ensaiar. A reunir, a preparar. A cortar panfletos. Quantas lutas! Lembro-me da dificuldade em fazer amigos entre os teus. Apesar da fama de grã femeeiro, ou por isso mesmo, eu não encaixo. Tu atribui-lo à minha insegurança e desvalorizas, apresentando-me a todos e a qualquer um como se me tivesses ganhado na lotaria.

No casamento da Irene e do Tomaso, um senhor sentado a teu lado pergunta-te o que fazes. Sem pestanejar, respondes que és talhante. Isso parece surpreender e cativar as pessoas na mesa, que ficam mesmerizadas a ouvir-te discorrer acerca dos distintos ângulos de corte da carne, o desmanche de uma peça ou o segredo de um bom hambúrguer. Passo a refeição a esquinar graçolas por ser a companheira vegetariana do talhante. Vamos embora sem que desfaças o embuste.

No calor de uma discussão, tu a dizeres que a verdade não interessa, só importa sermos honestos.

O outono. O teu camiseiro de fazenda azul-celeste. Polenta frita. A primeira vez que vi a chuva em Buenos Aires. Os teus dedos enlaçados nos meus. Pelas ruas, ao ver-nos, as pessoas sorriam como se não existissem anteriormente.

Pedir-te para não fumares tanto, para não beberes tanto, para não tomares drogas quando estamos juntos.

Tu a pedires-me para não acordar tão cedo, para não me preocupar com tudo, para me drogar contigo quando estamos juntos.

— "Chôbissnába"...! — arrisco. Tu sorris: finalmente uma reminiscência comum.

É dia de aniversário. Cumpro vinte e sete, que em castelhano os anos não são para ser feitos, mas *cumplidos*. O plano é explorar o Río Luján numa pequena lancha emprestada mas chove a cântaros. Espalhamos baldes pelo logradouro, alguns pela casa, e sentamo-nos à janela. A manhã escapole-se sem que a bátega abrande. Escrevinhas um poema. Quando terminas, dou-me conta de que te empenhaste. Perguntas se o podes ler, eu endireito-me no banco. Começas num tom de voz mais grave, vindo de outra parte do corpo que não se ocupa com o dizer comum e que usas apenas para ler poesia.

— "Chôbissnába".

Interrompo-te. Levas a mal que me ria.

— O que é? Soa russo...

— Russo, russo! Um ano na Argentina e ainda tenho de te traduzir os poemas?!

Ficas acirrado. Feri qualquer coisa. Roubo-te o papel da mão, confirmo a grafia: *llovisnaba*. Verbo *llover*, chover.

— Ah, "chuviscava"!

É a tua vez de te desmanchares a rir.

— Repete isso. Não pode ser.

O mais lindo é quando um estrangeiro nos torna de súbito conscientes do esplendor e improbabilidade da nossa língua:

— Chuviscava — em loop. — Chuviscava, chuviscava, chuvis, cava.

Espanta-me a jocosidade de uma palavra à qual nunca tinha dado atenção. Desapareces e voltas com o gravador. Aponta-lo na minha direção depois de gravares: *Buenos Aires; 21 de junho de 2009; Joana*. Eu, com a minha melhor dicção:

— Chuviscava, meu amor, chuviscava.

Lembro-me de teres adaptado um trava-línguas: *Chô mé chámô Chuāna í mé boy à lá pláchá con mi máchá ámáríchá í mé mánchô un chógúr dé frutíchá.* A quantidade de vezes que eu digo isto! Estou apaixonada. Pela doce melopeia da palavra mais banal: *lá órichá, lá cáchê, el cábêchu, lá bêchêza, lá cíchá, lá chúbiã, las órraz* e *lá cutchárichá múi tchiquítá.* Não é só a doçura do CH que torna cada frase uma experiência de veludo, até porque esse nem é um som estranho ao meu português nativo. É tudo: *el dolor, el parpadeo, la soledad, la amistad,* palavras desde sempre conhecidas têm a força dos primeiros acordes de um *bandonéon.* Apaixono-me a cada letra de cada tango, mesmo nos mais trágicos; mesmo naqueles em que o amor não vence no fim.

DIA 3

— Sempre pensei que, se tivesse um filho, quereria dar-lhe um nome de lugar.

Estamos na bancada marmoreada da tua cozinha, as mãos atarefadas com a preparação da comida. Deito sal sobre a água ao lume. Tu pousas o ralador e dardejas-me com o olhar. Quis saber como reagirias a este "sempre", a este "filho", dado que até então as nossas conversas tinham rumado na direção do "nunca".

— Um rapaz poderia chamar-se Oslo, Santiago, Salvador, Paris, Cairo, Cali, Lassa, Luxor, Orlando, Almada, Durban, León, Kassel, Minsk, Saigão, Lobito, Sidney, Gante, Pequim, Zagreb, Quito, Tete, Tanger, Izmir, Pireu, Teerão, Quioto ou Zurique.

— Turim! — sugeriste, num instante embalado pela listagem.
— Sim, Turim, boa, deixa-me anotar.
— E Lorca?
— Como García Lorca? Tem de ser lugares...

— É um lugar, em Múrcia.
— Nesse caso sim, Lorca.
— E se fosse rapariga?
— Poderia chamar-se Quénia, Luanda, Síria, Haia, Helsínquia, Guatemala, Talara, Belém, Marselha, Florença, Irlanda, Antuérpia, Nevada, Libéria, Lucerna, Dakota, Tunísia, Copenhaga, Cuba, Bona, Meca, Ásia, Índia, Alasca, Oaxaca, Argentina, Havana, Lima, Guadalupe, Hiroxima.
— A sério, Hiroxima? — O jogo agora divertia-te. Talvez fosse só isso, um jogo. — E Lisboa?
— Seria estranho. É que Lisboa não chega a ser um lugar, é mais o princípio de todas as coisas.
— Justamente. Não é isso um filho?
Deixo-te sem resposta. Ainda nem vou a meio da lista. Digo o nome de mais uma dezena de sítios e entre eles: Roma. Calamo-nos, num entendimento mútuo.
— Vê aí na net se há muita gente com esse nome.

Entre a infinita tralha da world wide web, sempre me fascinaram as páginas de desambiguação da Wikipedia. Gosto sobremaneira da página de desambiguação do termo "desambiguação". Havendo umas poucas fascinantes, a maioria destas páginas são estéreis, como o é a página de desambiguação do termo "Roma". Nela percebemos que se refere à "capital da Itália", a "Roma Antiga", ao "Reino de Roma (753-509 a.C.)", à "República Romana (509-31 a.C.)", a uma outra "República Romana (1798-1799)", e ainda a uma terceira "República Romana (1849)" e ao "Império Romano (27 a.C.-476 d.C.)". Há "Roma (mitologia) — figura da mitologia romana" e há a "província italiana da região do Lácio". É o título de um filme de Fellini (1972) e um de Adolfo Aristarain (2004);

uma estação de metro na linha verde, em Lisboa; uma estação do metro de Paris; uma heroína mitológica; um dos grandes grupos de ciganos; a alcunha do futebolista brasileiro Paulo Merabet; vários clubes de futebol e lugares, além da capital italiana: um bairro em Salvador da Bahia, uma cidade rural em Queensland, na Austrália, uma vila texana junto da fronteira com o México, uma cidade a norte do estado de Nova Iorque. Foi nome de celebridades: Roma Downey, atriz irlandesa; Roma Maffia, atriz norte-americana; e Roma Ryan, escritora e poeta britânica; mas só na Wikipedia em inglês a ideia é desenvolvida: "In Hindu mythology, Roma is an alternate name for Lakshmi, the goddess of prosperity. It is often short for Romany, a name commonly given to girls. Another source is the italian word for Rome, the capital of Italy, and is given in that spirit".

Falta dizer que é "amor" escrito ao contrário e um fruto deleitoso, em caso de til. Também não consta que "romance" começa por *roma* nem que por vezes também acaba.

Ao terceiro dia desci a pé até ao Cais do Sodré, onde apanhei o comboio para Algés com a intenção de trazer emprestado o carro da minha mãe, antecipando-nos no Cabo da Roca ou no Portinho da Arrábida.

Não deve haver outro trajeto que guarde tantas lembranças, até Algés ou Cruz Quebrada, onde aguardava transporte para a escola, às oito com o cabelo molhado do primeiro treino do dia na piscina do Jamor. Não encontro mais a força ou a disciplina dessa miúda. Fui pessoas tão diferentes ao longo do tempo e dos lugares.

Os dias em Buenos Aires, a mais atribulada e empolgante cidade onde já estive, revelam facetas desconhecidas. Sou uma mulher que carrega na mala um par de finos saltos altos e atravessa bairros em busca dos locais do tango. Abraço desconhecidos e deixo-me levar. Volto tarde para casa. Enrosco-me no torso quente do teu sonho ou traço-te as paisagens da minha noite. Com frequência não te encontro, foste em busca dos teus próprios rodopios. Tornas com descrições de um submundo noturno de feições decadentes e timbre alucinogénico. Rejeitas os meus cenários por serem demasiado burgueses, dizes, afectados e mercantis. Sabes mais da história do tango do que qualquer um na milonga mas abominas o cerimonial. *Los pavos*, é como chamas aos meus companheiros de baile. Pavão-mor, segues a tua senda e voltas com desenhos para preencher cadernos e palavras para vertebrar poemas. Os dias não se repetem nem o amanhã nos intimida.

Para trás deixo a certeza de anos bons, em que a experimentação artística e o regozijo das amizades não conseguiram, porém, sobrelevar uma acédia grave. O fim da faculdade dá início aos anos de pior humor, um desnorte que coincide com mudar-me para Berlim. Os amigos parecem ter mapas do futuro que não me foram entregues. Gizam planos e patenteiam títulos — ainda que provisórios — como "designer", "professor de ioga", "tradutora" ou "programador", e começam a falar, timoratos, em ter filhos. A maioria consegue erguer-se da cama de manhã sem se perguntar para quê. Eu não. Não chego do princípio ao fim de um dia sem tombar mil vezes. Mantenho cadernos que preencho de notas e de ideias e me outorgam um propósito. Enquanto estratégia vai funcionando; enquanto forma de vida, não.

Saí em Algés. Da estação até à casa da minha mãe ainda tinha de caminhar vinte minutos. Desejei ter a bicicleta trancada a uma árvore, como sempre a tive quando ali vivia. Admirei os novos parqueamentos, torniquetes alargados para ciclistas, uma série de infraestruturas que no meu tempo não existiam. Os sonhos que se concretizam quando já não precisamos deles.

Encetei a caminhada e rememorei o que mais me tinha impressionado quando te conheci, o teu corrupio de propósitos. Atuas, desenhas, escreves, sobretudo poesia. Tens tantas certezas e eu tantas dúvidas. Entre as tuas múltiplas formas de escrita há uma em que talvez me consiga inscrever, e rapidamente a transformo num projeto comum. Trata-se de um guião para uma curta-metragem. É a história de duas sombras que se apaixonam.

A tua ideia é muito simples e tem um pressuposto mágico: dois desconhecidos movimentam-se numa grande cidade e são manipulados nos seus trajetos pelas suas sombras, que tudo o que querem é estar juntas.

Perco a conta às tardes passadas a percorrer as ruas olhando apenas para as silhuetas — como se tocam, se desdobram numa escadaria, que formas desenham, a que horas do dia se estendem e em que instante quase desaparecem. Viciamo-nos em identificar vultos estirados no asfalto ou requebrados nas fachadas. Mesmo em casa, dia e noite, há sempre uma luz acesa.

À porta do prédio da minha mãe, fiz por não ter de subir. Pelo intercomunicador disse-lhe que estava mesmo só de passagem ("oh, mas fiz-te uma sopinha, vem só provar"), que tinha mesmo pouco tempo ("dizes sempre isso"), que se não se importasse de pôr a chave numa meia e de a atirar pela varanda, quando viesse devolver o carro subiria ("era o que faltava"). Apareceu na entrada do prédio com um saco carregado de tupperwares de comida confecionada, outro com bolachas, frutas, legumes. "São biológicos".

— Mãe, não era preciso...
— Ajudo-te a levar para o carro, anda.

O jipe azul estava nas traseiras do prédio. As duas em pé junto da boca aberta da bagageira, tentámos frases de circunstância. "Ontem quando mandaste a mensagem fui logo encher o depósito". Agradeci. "Vai com cuidado". Garanti que sim. Despedi-me sob o pretexto de uma pressa que não justifiquei. Ela pediu uma vez mais para que guiasse com cuidado, relembrou-me de que eu estava habituada ao carro do pai e "um jipe é diferente" e ainda disse, sem azedume, entre acenos, já eu manobrava em marcha-atrás:

— Olha que os carros dos outros também poluem o planeta.

Guardei os tupperwares no fundo da última gaveta do congelador, preparada para me esquecer deles por algumas semanas. Tinha conseguido ser pontual, mas tu só tocaste à campainha sobre a hora de almoço, com duas horas de atraso. Descemos à Zona Franca dos Anjos, uma associação cultural que não pretende ser um restaurante mas onde uma vintena se acantinava num pátio traseiro. Escolhi-o por ser o mais próximo, o mais barato e ter sempre um prato vegetariano. Cumprimentámos os desconhecidos que ocupavam parte da mesa redonda onde nos sentámos. Um bebé de colo chorava intermitentemente e tu lembraste o primeiro "então e tu?" entre nós, versão castelhana.

Um lábil "acho que não..." é a resposta que te dou. Não demora a anunciares que ser pai é um sonho teu. Di-lo com dignidade. Antevejo um pai extravagante e estouvado; mas um bom pai. Em que se baseiam essas intuições? Talvez por panfletares o teu desejo, o meu não querer se fortaleça, por antagonismo. Começo a devolver um *não* maior que a minha decisão, a ensaiar *nãos* mais musculados e aquela torna-se a minha peleja, o meu finca-pé. Tu queres muito e eu não quero nada — e discutimos. As discussões são os nossos preliminares favoritos.

A minha argumentação é importada de uma relação anterior. Três anos com um alemão ativista ambiental de quem herdara os melhores raciocínios, que debito com brio, até uma certa soberba: "Não ter filhos é o mais responsável que se pode fazer pelo planeta", esclareço. "Em menos de um século a população mundial quadruplicou! Não podemos continuar a explorar recursos naturais finitos...!", "Temos de reduzir!",

"Todos os problemas climáticos se aligeiram se formos menos!". Tu escarneces, argumentas que não há falta de recursos mas apenas iniquidade na sua distribuição; que seguramente eu não acredito em nenhum daqueles chavões. Frases feitas, tão fáceis de desmontar. Não posso permitir que ponhas em causa a minha devoção ambientalista. Enfureces-me.

Na contenda seguinte, mais serenos, tento explicar que não se dá o caso de me desinteressarem crianças e o fenomenal que é vê-las tornar-se pessoas: as perguntas desarmantes; a relação selvagem com as palavras; a alegria foguetória; o espanto; a imersão no jogo, no brincar; as gargalhadas; o efémero chorar-rir-chorar-rir; como se entregam, como confiam; a convicção de continuidade; o tempo ganhar outro tempo. Não só me interessa como me enternece.

— Então qual é o problema? — perguntas.

O problema é nunca ter encarado não querer ter filhos como um problema.

Como dar sem perder?
Não.
Como me dar sem me perder.
É uma pergunta.

Enquanto rolávamos no jipe da minha mãe pelas curvas suaves da via rápida, apanhou-me desprevenida o período. Esperava-o mais para o final da semana. A surpresa gerou uma trapalhice arriscada, comigo a guinar da faixa esquerda para nos pôr às voltas em Paço d'Arcos em busca de uma farmácia onde pudesse comprar um segundo copo menstrual, porque pensos não podia ser, esclareci, geram desperdício. Divertia-te:

— Vocês são engraçadas. Têm a menstruação desde os doze ou treze anos e aos trinta e tal ainda parecem tão surpreendidas como da primeira vez.

No que me diz respeito é verdade; mas quem mais estaria incluída neste plural? Um silêncio grandiloquente garantia que estávamos os dois a pensar no mesmo. Tirei os olhos da estrada e olhei para ti. Já tínhamos detalhado a escrita e os projetos, viagens e destinos de amigos comuns; mas nem um só amor. Estaria pronta para essa conversa? Nunca experimentara ciúmes retroativos mas temi-os: é que estas ex-namoradas tinham vindo depois de mim.

A mudez durou até ao Guincho. Na Boca do Inferno tentei distrair-nos com as peripécias de Fernando Pessoa e Aleister Crowley, apesar de ter esquecido tantos detalhes que, por fim, inventei. As minhas personagens eram um poeta e um mago, e havia uma trama que envolvia esoterismo, cartas astrológicas, imprensa falsa e um romance que ficaria por terminar. O que te cativou foi a possibilidade de alguém ficcionar a própria morte.

No retorno, mostrei-te um dos recantos mais preciosos da Linha, a praia do Conde da Azarujinha, lisonjeada pela paleta rúbea do entardecer. Numa pequena reentrância rodeada de falésias, abrigada do vento, uma língua exígua de areia branca recebia os veraneantes possíveis. Os restantes mergulhavam ou dispunham-se pelo rochedo que abraça aquele anfiteatro natural. Descemos a escadaria de acesso ao paredão, guardámos as mochilas na reentrância de uma rocha sobre a qual me sentei. Fingi indiferença quando tiraste a roupa.

— Não vens?

Sob pretexto do período, fiquei a ver-te entrar na água fria com as mãos suspensas e os ombros encolhidos. O céu cobriu-se de uma labareda escarlate e tu nadaste para fora de pé.

A tua visita e este quotidiano, apenas três dias mas sem data para acabar, obrigava-me a voltar a chamar memórias a lendas arquivadas como mitos pessoais. Não estava certa de poder falar contigo de amores pretéritos, de lhes querer conhecer os nomes, traços fisionómicos; a longevidade ou intensidade de cada relação. Se havia alguém agora. Se estavas apaixonado.

De regresso ao jipe, no fôlego quente da brisa de fim de tarde, impunha-se uma curiosidade insaciada. Em direção a Lisboa, de janelas abertas, a tua mão a acariciar o vento, as perguntas passavam e ficavam para trás, deitadas sobre a linha prateada do Tejo.

Estiveste com...?
Sim.
Voltaste a...?
Não.
E tu?
Eu, sim.
Quem foi que...?
Ele.
Alguma vez tentaste...?
Sim.
Quanto durou a mais...?
Cinco anos.
Há quanto tempo...?
Poucos meses.
E porquê?
É difícil dizer.
E contigo?
Pouco mais de um ano.
Quiseste alguma vez...?
Nunca.

Terminaste alguma relação por ele querer ter filhos?
Sim.
E tu, terminaste uma relação por ela não querer ter filhos?
Sim.

Deixei-te em Santos, onde irias jantar com uns músicos italianos, amigos do amigo que te tinha arranjado alojamento. Insististe que me juntasse. Em vez disso regressei a Algés para devolver o carro; desta vez, com tempo. Queria sobretudo poder aninhar-me na estreita cama que perdurou do meu antigo quarto, com uma botija de água quente na barriga e, ao pescoço, o ronronar dos gatos que fazem companhia à minha mãe. Ali deitada, vi como a dor cíclica e a posição fetal ligavam as dúvidas da adolescente de dezassete anos às angústias da mulher de trinta e sete. Todo este tempo a acumular argumentos a favor e contra ter filhos, a espreitar a vida dos outros com um interesse bem mais que sociológico. Consultei a literatura; espreitei raciocínios; segui aqueles que me pareciam convictos ou convincentes; repeti máximas gastas; ensaiei com plantas e periquitos; fiz viagens interiores; perguntei aos astros e ao I Ching mas, no fundo, continuava sem saber responder à saraivada de *Então e tu?*

As mulheres em redor pareciam-me esclarecidas. Como todas as raparigas, tinham sido educadas para querer; e queriam-no. Era apenas uma função do tempo, de encontrar o parceiro certo, de ter algum chão. Ter filhos estava no horizonte dos amigos mais alternativos, mais precários, mais artistas, mais viajantes, mais idealistas, mais ambientalistas, mais freak, mais betos, mais militantes, mais de esquerda, mais intelectuais, mais homossexuais, mais ambiciosos, mais carreiristas, e das amigas mais emancipadas e livres.

Levantei-me e arrastei-me pelos corredores da infância. A casa de banho tinha um cheiro intenso a areão de gato. Debruçada no lavatório, olhando as espirais expressivas do sangue vertido do pequeno copo menstrual, relembrei o teu comentário dessa tarde. Tinhas razão, ainda olhava o meu período com um espanto digno de uma menina de treze anos. Todos os meses essa lembrança fértil.

Sabia que a tua vinda a Lisboa iria alterar a natureza do diálogo que estabelecera com tantas ideias de maternidade. Afinal, foi junto a ti que habitei a hipótese, quando cerzi as pontas soltas dessa tapeçaria enorme que poderia cobrir em breve a nossa cama, o chão do nosso quarto e as paredes da nossa casa. Não te amava mais e não serias mais importante que outros antes e depois, só quem chegou mais perto. Deambulando por Buenos Aires a perseguir sombras, estás incrivelmente próximo. Tão próximo que o teu coração começa a latejar dentro de mim.

Nisto concordámos, volvidos dez anos: não foi planeado. Um susto como rara memória comum.

As semanas vão passando. O Juan, que jocosamente me alerta para *no le dar tan fuerte* nas empanadas, que se nota. Os enjoos, um humor de cão, o sono alterado, pesadelos explícitos. A menstruação abissalmente atrasada e eu a querer atribuí-lo aos meus ciclos irregulares. No El Último Trago, a sala de bilhar onde perdíamos noites, eu a beber mais do que o costume e tu, inquieto, *¿Qué te pasa?* Eu estúpida, infantil, agressiva:

— Não estás sempre a dizer que sou demasiado certinha...?!

A empurrar mais vinho pela goela abaixo, já só a saber-me mal. Tu a segurares o meu cabelo enquanto vomito nas traseiras do bar. A ressaca na manhã seguinte e tu paciente mas confuso: *¿Qué te pasa, cariño?* Eu, a comentar, "*che*, sabes que é curioso isto que está a acontecer..." e a mencionar o atraso com o mesmo peso com que te diria que a mosca se recusa a sair pela janela que lhe abrimos e, teimosa, fica a zunzunar contra o vidro. A tua expressão, primeiro rígida como as máscaras burlescas penduradas na parede e, de súbito, a despedaçar-se, radiante. Tu a dizeres o óbvio, eu incapaz de ouvir. Já fizeste o teste?, perguntas, a vestir o casaco para ir buscar um, a esta hora em que está tudo fechado. Eu a pedir que te sentes, que estejas quieto, que não digas parvoíces, soterrada sob uma dor de cabeça que mal me deixa abrir os olhos. Não, não pode, *isso* não pode ser.

DIA 4

— Soubeste mais alguma coisa da Panchita? — bradei.
— Só o que te contei em Beirute! — gritaste de volta.

Era forçoso elevar a voz sobre o som do poderoso motor à popa do ferry para a Trafaria. Eu tinha conseguido para ti a bicicleta de um vizinho e o plano era conduzir-te à margem sul e pedalar até à praia da Cova do Vapor. Parecias feliz com a ideia, com o dia, comigo. Foste pontual, seguimos junto ao rio até Belém. Encostámos as bicicletas a uma das colunas de ferro pintadas do convés principal, com uma dezena de outras bicicletas, e o dobro dos carros, num amplo parque de estacionamento flutuante. Os outros ciclistas e condutores ascenderam aos assentos almofadados; mas nós ficámos ali, chegados ao rabioso rugido do motor. Tu sentaste-te no chão, tiraste da mochila um livro e encostaste-te a uma parede a ler. Fotografei-te pela primeira vez nestes dias. Ficaste em contraluz.

Continuei a fotografar; dez anos depois, com um telemóvel. Registei a forma como Lisboa se tornava noutra, o lado de cá a tornar-se o lado de lá; o lençol d'água; o horizonte pontilhado de barcos de recreio e um enorme cargueiro de nome chinês. Depois fotografei detalhes do barco: as nossas bicicletas entreapoiadas, as boias cor de laranja, os viajantes no andar superior, a apreciar a paisagem através de um vidro fosco. Voltei a descer, ainda lias. Recuei à popa e fundeei o olhar no rio. A nossa passagem moldava ondas, picando o rio em toda a volta sereno. A agitação de uma superfície só aparentemente calma, revolta em correntes invisíveis. Inspirei fundo e a maresia pareceu-me capaz de unir todas as cidades portuárias numa só recordação.

Trazia no corpo uma noite povoada de sonhos, apesar de não conseguir evocar nenhum. Tinha acordado a pensar na Panchita, depois de ter finalmente conseguido parar de pensar nela quotidianamente. Umas saudades ingratas. Avancei à popa; sentei-me a teu lado no chão de cimento escuro e, ao atracar, observei a enorme língua de ferro que se solta do barco num queixume agudo, abrindo-se para a passagem de pessoas e veículos. Pedalei à tua frente, inspirei o cheiro da caruma, seguimos os vestígios do que terá sido outrora uma ciclovia. Em busca de um atalho, meti-me pela mata seca onde ditou a intuição, tu sempre atrás. O único reparo que fizeste foi à bicicleta, pequena para ti. Fomos dar a um bairro de casas improvisadas onde homens e mulheres se reuniam em torno de um fogareiro, crianças brincavam com uma placa de metal carcomido. Pararam para nos olhar. Receei que não pudéssemos estar ali. Tu, sereno, passaste para o meu lado e disseste vários "bom dia" sem sotaque. Abrandámos mas não parámos. Cumprimentaram-nos de volta. Pouco depois estávamos no destino. Apontei para um poste onde devias trancar a tua bicicleta e tranquei a minha. Entrei pelo areal sem me descalçar, caminhámos até uma clareira menos frequentada, abanquei na areia. Tu ergueste os braços ao azul ininterrupto do céu e exalaste um suspiro de gozo. Despiste-te e foste direito ao mar. Vi-te mergulhar e boiar, apareceres e desapareceres do recorte azul e em nenhum momento me deixei afastar da recordação daquele sorriso; nenhum outro como o da Panchita.

A história de María Francisca, também conhecida por Panchita, é uma história de privilégio. De onde quer que uma história se narre é preciso perguntar: Quem a conta? Quem elege, entre as muitas versões de uma história, a História? Faz sentido contar a de María Francisca quando as histórias dominantes são contadas por pessoas como ela?

Mas não *por ela*. María Francisca vive alheia às suas regalias, apesar de ter frequentado um dos melhores colégios da cidade e de privar com a nata social e a elite intelectual argentina. Nascer no privilégio é tantas vezes o privilégio de nem sequer ter de pensar nisso.

A primeira vez que a vejo é também na primeira — e última — vez que tento dançar na milonga do Salon Canning, uma das mais concorridas. É um salão amplo com mesas em redor da arena. Do teto estão suspensas colunas de som, holofotes e uma bola de espelhos. As paredes brancas estão decoradas por painéis figurando casais enrodilhados. O painel maior, deitado ao comprido, cobre toda a parede e é uma reprodução do próprio salão, com o mesmo certame de profissionais, instrutores e melhores alunos que apreciamos a bailar ao vivo. Elas, deusas pernilongas, muito esculturais e leves; e eles peralvilhos confiantes.

Como em qualquer milonga, uma certa severidade dita que a mulher aguarde a solicitação do homem, e isso irá ter lugar à distância. O cavalheiro irá fixar o olhar na companheira pretendida. Se ela retribui a atenção, convida-a com um *cabeceio*. Só avança no caso de ela o aprovar, com outro *cabeceio*, desta forma protegendo-se de ser rejeitado à vista de todos. Este jogo rapace de olhares e meneios de cabeça provoca uma atmosfera carregada, que eu adoro ou odeio consoante as noites.

Sento-me em torno da arena e coloco os sapatos para assinalar que não vim apenas assistir. Numa milonga com tão alto nível de dança, e de pedantismo, o mais certo é permanecer sentada. Varro o recinto com o olhar e não o cruzo com ninguém, ninguém me olha num encontro onde todos se entreolham. Fixo-me no que se passa na pista e deleito-me com as piruetas torneadas em harmonia; circulação ela própria cheia de regras. São noites bem passadas. Começo a reconhecer as músicas, a distinguir orquestras, presto atenção às letras, entre divertida e chocada com o grau de violência, misoginia e o humor cáustico de certos versos.

Está em voga o chamado tango *nuevo*, que em poucos anos irá soçobrar perante o mais tradicional *milonguero*, simplesmente porque um bom abraço é a grande força do tango. No novo tango, os casais dançam a dois palmos um do outro, o que permite a realização de um sem-número de acrobacias que o abraço dito *fechado,* muito próximo, impossibilita. É neste festival de canelas esvoaçantes que a vejo, María Francisca. Retém-me a sua beleza seráfica: "É demasiado bonita", escuto-me a pensar. O estonteio do seu rosto é o olhar, de um negro intenso e desafiante, que contrasta com as covinhas marcadas quando sorri ou fala, conferindo-lhe uma expressão ambígua. Aguerrida e doce. O longo cabelo encaracolado, com um tom de chocolate, trá-lo preso no topo da cabeça por duas mechas, que se vão desmanchando ao girar, na medida perfeita, lançando apontamentos ondulados que lhe emolduram a face. A pele dourada e luminosa brilha nos braços nus com que enleia os bailarinos. Veste calças de ganga coladas ao corpo e um corpete aberto nas costas, descobrindo as linhas dos ombros redondos e das omoplatas onde se traduzem os mais ínfimos movimentos do baile.

Saio do Salon Canning sem dançar e não penso mais nisso: é outra milonga que passo sentada. Falam-me de uma milonga queer a ter lugar em San Telmo, bairro mais à minha medida. Recomendam-ma por não seguir as consuetudinárias regras, marciais e falocratas, e ser em vez disso um sítio onde toda a gente dança com toda a gente. O homem não é quem conduz e a mulher não é quem segue, fundamento irrefutável do tango até ali. Assim que chego vejo-a logo, María Francisca, ali *Panchita*, diminutivo que usa fora dos círculos influentes de onde é nativa. A milonga queer tem uma atmosfera distinta, garantida no informal e amotinado. É um laboratório de movimentos, com cada par a experimentar o que lhe sugere a música. Peço uma bebida, converso e danço. Ensinam-me os básicos do homem, aliás, de "quem guia". Corrijo constantemente homem/mulher por quem guia/quem segue, tão entrosada está a dicotomia. María Francisca aborda-me e convida-me. É demasiado bonita, penso outra vez. Dançamos. Ela guia. "Queres guiar?", pergunta. Tento guiar. Não saímos do mesmo sítio. Volta ela a guiar. Agradeço-lhe no final de cada *tanda*, no interlúdio em que os bons costumes milongueiros ditam que há que procurar nova parelha. Volto a tentar guiar. Ocupo-me com manter a direção dos ponteiros do relógio na circulação pelo espaço e ela ri-se da minha submissão às regras da milonga tradicional. "Relaxa, aqui não é assim!". Apesar de ela dançar muito melhor do que eu, ajuda à prestação sermos da mesma altura e que os nossos corpos tenham um encaixe siamês. De saltos altos ficamos com mais de um metro e oitenta. Longilíneas, a girar a girar a girar, partilhando eixo e abraço, deixa de haver quem guia e quem segue, há somente um tango.

Metemo-nos num táxi e vamos a La Viruta, uma milonga onde não é suposto chegar antes das duas da manhã e que fica boa lá para as quatro. É mais uma discoteca onde toda a gente dança o que por acaso até é tango. Tem menos o requinte dos grandes salões e seus faustosos lustres e mais o toque de um ginásio reconvertido, com a teia de luz suspensa do teto e um palco para música ao vivo. Com as primeiras luzes da manhã servem um *desayuno* — digo "dezáchuno" — com as melhores *medialunas*. Até chego a declinar convites: fico sentada a observá-la. Aprendo a distinguir os círculos por onde se move consoante a tratam por Panchita ou María Francisca e este é dos poucos lugares onde se sobrepõem.

Certo dia, María Francisca aparece sem aviso na *cartonería*. Convenci-me de que o mundo donde ela vem e o que os trabalhadores da Eloísa representam não só são antagonistas como explodirão ao tocar-se. Mas o confronto real é entre os meus preconceitos, pois afinal corre bem, graças à desenvoltura de Panchita, assim se apresenta, que se oferece para *cebar* um mate, o põe a circular de forma atenta, senta-se a pintar uma capa, comenta o último livro do Alan Pauls sem laivos de sobranceria, mostra-se interessada pelas pessoas, faz perguntas, moteja, a todos cai bem. Impressiona-me vê-la de dia, noutro ambiente, sem o vaivém constante à casa de banho, que eu assumira ser uma sucessão de drogas com cocaína por propedêutica. Está serena naquela tarde, meiga; ouve-me. Quer que a acompanhe a um jantar importante em casa do pai. Desculpo-me com um compromisso prévio contigo.

Que te traga!, sugere. Que precisa mesmo de mim, de me ter a seu lado naquela ocasião. Digo-lhe que não posso. Desapontada, sugere então que passemos os dois em sua casa no dia seguinte. Tu dirias, dez anos mais tarde, no areal da Cova do Vapor, que nunca te fiz tal convite.

Quando chego a sua casa, ligeiramente atrasada pelo desconcerto dos múltiplos *coletivos*, María Francisca não está. Quem me abre a porta é a mãe, que não esconde o fastio. Apresenta-se e diz também o nome da governanta, explica que é mexicana como quem identifica a raça de um cão. As duas têm o mesmo nome — mãe e empregada — mas uma é Veronica e a outra *Very*, e não Vero, forma diminutiva mais comum. Veronica é alta e magra, com um vestido monocromático de tecido leve e vaporoso, o cabelo pintado de louro, alisado e cortado à régua. Very é baixinha, de peito grande e barriga saliente, um rosto redondo de traços indígenas, pele acortiçada, o cabelo negro apanhado num coque, calças de licra justas e camisola de alças, onde se lê, em letras garrafais, SOY PERFECTA Y LO SÉ. Antes de nos deixar, Veronica comenta que Very é nova ali, queixa-se da dificuldade em encontrar boas governantas e, talvez por perceber que me incomoda que falemos dela como se não estivesse, remata em inglês: "Don't worry, she is very stupid" — e logo em castelhano, descrevendo as proezas do seu animal doméstico: "Mas é ótima: muito calada, trabalhadora, não é dessas que só pensa em ir dançar e conhecer rapazes, como a peruana que cá estava antes". Sem resposta minha, cala-se e deixa-nos sozinhas no enorme átrio de entrada. Sigo Very, que me fala com os olhos postos no chão. Tem uma voz doce. Se eu quiser, que espere à beira da piscina, ela pode levar-me um sumo ou um *licuado*.

Suponho que tenha visto na minha cara o incómodo que a mãe me causou; permite-se o desabafo: "Ela acha que não vou saber a palavra inglesa para *estúpida*..." Troçamos, cúmplices. Apetece-me perguntar-lhe como é possível deixar-se humilhar assim — mas vejo-me em mais uma missão de resgate, boas intenções que me garantem copiosas admoestações de Juan na *cartonería*. Pergunto-lhe em vez disso acerca dela. As empregadas domésticas que conhecera até então vinham do norte da Argentina, do Peru ou do Paraguai. Quero saber como ali chegou, de que parte do México. "Oaxaca", diz *Uárrácá*, com um H aspirado, que a pronúncia do português ignora. Eu desconhecia aquele vale fértil e não traduzi a forma mirífica como o nomeou. Atribuí à saudade. Anos mais tarde, quando finalmente me tocar visitá-lo, vou recordar o primor com que Very pronunciou o nome da sua terra. Que lugar.

Quando María Francisca chega, encontra-me a sovar almofadas. É difícil estar sem fazer nada quando se conversa com alguém que trabalha. Tinha alinhado um quadro na parede, passado o espanador na estante mais alta, arrastado cadeiras para Very poder varrer debaixo e batido o pó a umas quantas almofadas. Isto, em duas horas, não constitui uma ideia convincente de trabalho, sequer de ajuda, mas María Francisca não esconde o ultraje. *¡¿Qué hacés, boluda?!* Very desaparece sem que eu articule som. María Francisca culpa-me do seu próprio atraso, dado que sou "a última pessoa em Buenos Aires sem telemóvel" e se acontece um imprevisto é impossível contactar-me. "Imaginas o stress em que estava, sem te poder avisar?!". Dou por mim a pedir-lhe desculpa.

Estes arroubos histriónicos enfeiam-na. Os olhos rubros, a tez agemada, suada e a tremer. Tento acalmá-la. Dou-lhe um abraço. Peço-lhe que respire. Outro ataque de choro nos meus braços e eu a afagar-lhe a cabeça até que se acalme. Que faço aqui? Talvez precise dela para que os dias não versem o tema único da culpabilidade em que me afundei desde que convivo com pessoas que não sabem como irão conseguir a refeição seguinte. Talvez esteja um pouco enamorada. Talvez me agradem os ciúmes que tu tens dela. E ela de ti. Talvez eu seja um pouco de tudo o que nela me parece execrável. Talvez, o privilégio.

Esperá-la repete-se a cada visita, porque adio o telemóvel e ela adia a pontualidade. Passo esse tempo com Very. Chego mesmo a anotar algumas das peripécias que me conta, pelo espanto de a ver carregar tanta perda e dor e ainda assim estar ali, sentada a meu lado, num raro descanso, a maravilhar-se com o tom acobreado que as folhas da tipuana assumem naquela altura do ano. *¡Mirá como es lindo!* — ainda a ouço, a forma como repuxava o som do i em *liiiindo* até que se parecesse com uma asa.

Não troco mais de duas frases com a mãe, se chego a vê-la. Very conta-me que *la señora* se enfia no quarto e que toma muitos comprimidos. "E como é, aqui, para ti?". Confessa-me que é mal pago, sem folgas, e eu sem denodo de colocar a pergunta que me consome: "Por que não te vais embora?!". Um dia pergunto-lhe se a posso ajudar a encontrar um emprego melhor. Some-se num hausto. Volta abraçada a folhas ajoujadas com clips; páginas impressas, na sua maioria manuscritas, o tipo de caligrafia tensa e consciente que têm as pessoas quando estão a aprender a escrever. Conta-me que tem um contacto em Curitiba, alguém que lhe prometeu um emprego bem pago, com passagens, vistos e os múltiplos trâmites necessários para uma mexicana passar pela fronteira da Argentina com o Brasil. Eu estou tão condicionada pelas crónicas abomináveis que ouço na *cartonería* que só posso reagir com pessimismo. Very desfaz-se em lágrimas. Desculpo-me. Disponho-me a analisar os documentos, eufemismo para a papelada que me depositara no colo. Somos interrompidas por María Francisca, visivelmente agastada. Sozinhas no seu quarto, faz-me uma cena. Que eu não posso dar-me assim com a empregada, que é um desaforo. Como vem sendo ritual, sossego-a. Sugiro que lave da cara a maquilhagem borrada e que vejamos um filme. Com frequência tem consigo os melhores filmes nacionais antes que cheguem às salas, em caixas de plástico preto etiquetadas à mão. O pai é dono da maior produtora e distribuidora do país. Ele e a mãe estão divorciados e desde sempre María Francisca vive com *la mami* e é a menina querida d'*el papi*. Tem vinte e cinco anos e ainda os trata assim. Vai regularmente visitá-lo ao escritório e volta com meia dúzia de títulos por estrear e um envelope com dinheiro, que prontamente torra em roupa, festas e cocaína. Está deitada de costas na cama e o seu olhar esvazia-se enquanto o pormenoriza. Pergunto-lhe se a deixa triste, se lhe falta a presença do pai. Ela insufla um balão de pastilha elástica até que rebente. Limpa com a língua os destroços. Pestaneja e escolhe esta estranha formulação:

— Suponho que não.

Por muito que convivamos e que a olhe na sua mundanidade, a veja triste e enfurecida, reconheça o quanto é mimada, despótica e egotista, ainda me enternece, ela e a sua beleza.

— Este — digo. — Vamos ver este.

Baixamos as luzes e vemos duas longa-metragens de seguida, apenas interrompidas por Very, que a cada bater da hora nos traz comida ou refrescos.

Quando volto a subir a Belgrano, María Francisca está em casa, evento singular. De facto, já venho visitar ambas e preciso falar a Very dos papéis. Abreviamos cumprimentos. Elogio-lhe mais uma t-shirt improvável, SER GUAPA NO ES FACIL PERO TE ACOSTUMBRAS, rimo-nos e ela insiste em dar-me um aperto de mão, raro gesto que me deixa acanhada. Coloca na minha palma um papelinho dobrado e despacha-me: "¡*Apurate* que ela está de muito mau humor!". Subo as escadarias em caracol que dão para o segundo piso daquela moradia com dezenas de quartos onde só vivem ela e a mãe. Desdobro o bilhete e leio a morada de um *locutorio* no cruzamento da Güemes com a Thames, e uma hora de dia dez, Quando é dez?, é no dia seguinte. Guardo o bilhete no bolso das calças e percorro o corredor até ao quarto do fundo, bato à porta, sem resposta, rodo o manípulo e entro. Está escuro. María Francisca aninhada na cama, com a cara escondida no emaranhado de cabelos. Subo uma das persianas de palhinha. Abeiro-me e sussurro ao seu ouvido: "Panchi..." Destapo-lhe a fronte húmida de lágrimas. "*¿Qué te pasa, cariño?*". Que é uma merda, que ninguém a entende, que nada faz sentido, que não vale nada, que é feia, que ninguém gosta mesmo dela. Deito-me a seu lado até que se aquiete.

Na manhã seguinte, saio de tua casa antes que abra a *cartonería* e ligo mais tarde de um qualquer *locutorio* a avisar que não irei trabalhar, por ter acordado *indispuesta*. Demoraram a avisar-me que esta tradução traiçoeira de "indisposta" se usa apenas para os dias da menstruação.

Chego à morada escrita no papelito à hora indicada. Very já está à porta, muito tensa. Quer que seja eu a aparecer na videochamada com o potencial chefe brasileiro, a quem terá dito que é mais jovem, bonita e que fala português. Confia que lhe irão comprar as passagens e, uma vez lá, irá convencê-los a tomá-la para qualquer outra atividade; limpeza ou administração.

— Very, não é boa ideia...

Repito enquanto ganho tempo para pensar. Tento explicar-lhe que o português que falo não é o mesmo que se fala no Brasil. Ela devolve-me um olhar confuso: "*¿Cómo no, si es portugués?*". Apelo para o facto de a minha não ser o tipo de beleza que eles procuram; que querem mulheres mais vistosas, ao que ela contesta "não, basta ser jovem", e eu surpreendo-me ao ficar um pouco magoada por ser esse o seu contra-argumento. Agarra-me no braço e ampara-se em mim. A sua testa nem me chega ao peito. Implora *por favor por favor por favor* em lengalenga de vogais abertas. A sua forma de dizer *Chuāna* vai direta à ternura. Chama-me *Chuānhita*. Por favor, *Chuānhita*.

Sento-me no cadeirão carcomido e oriento a webcam na minha direção. Estabelecemos ligação e surge no ecrã a imagem de um homem jovem, de tez bronzeada e face ampla de linhas circunspectas, um sorriso franco, que se revela bastante cortês e articulado e que entende logo que sou portuguesa, mesmo tendo eu abrasileirado bastante o meu falar. Não parece importar-se, diz que sou bonita, pede-me para soltar o cabelo que trago preso num rabo de cavalo, que não solto, pergunta quando posso ir ter com ele. Que idade tenho. Se tenho irmãs. Mais novas? Mais velhas? Como são. Como é a minha família. Se sou crente. Eu dou meias respostas e percebo que não serei capaz de levar isto avante. Very está sentada a meu lado, a um metro mas fora de campo. Sinto a sua respiração alterada, o olhar cravado em mim.

Confesso então ao tipo brasileiro — como se chamava? — que o emprego é para uma amiga mexicana realmente incrível em limpeza, cozinha, organização; excelente no trato e com muita experiência em organizar eventos. Ele estranha a situação, mas diz "OK... Posso vê-la?", Very a meu lado suplica *no Chuāna no* e em poucos minutos a conversa descamba e o potencial patrão brasileiro desliga, desagradado pela sensação de estar a ser levado.

Quando volto à mansão de Belgrano é a mãe quem assoma à porta, com um whisky na mão e a característica empáfia: *María Francisca no está*. Pergunto se posso aguardar mas não mereço resposta. Convido-me a esperar à beira da piscina, com as calças dobradas até aos joelhos e os pés mergulhados na água fresca. O jardineiro cruza várias vezes o relvado. Outro com o fenótipo da maioria das pessoas que servem, atendem, carregam ou limpam: é baixo, compacto, de cabelo e tez escuros. Quando vem recolher folhas da água com uma comprida rede de borboletas, não resisto a perguntar de onde vem. Responde-me com o nome de uma cidade ou lugar que eu não conheço. *¿Y usted?*. Portugal. Nenhum diz mais nada, não sei se pelo meu receio de travar amizade com outro empregado e estragar tudo, ou por ele também não fazer ideia de onde fica Portugal.

María Francisca chega alterada. Não sei o suficiente acerca das diferentes drogas para a posicionar. Ri-se muito, repete *te quiero Chuāna* e abraça-me. Diz *sos lindaaaaa,* mas olha para o céu, os olhos revirados. Como em todas as cenas de filmes à beira de uma piscina, acabamos na água. É ela que nos empurra. Sabe bem, está calor. Rimo-nos. O jardineiro observa-nos, ao fundo, com um sorriso misterioso que não sei dizer se contém desejo, inveja ou pena.

Refeitas do mergulho e da exaltação, troco de roupa no quarto ao lado. Ela entra. Beija-me. Beijamo-nos. Para e fala de ti, diz o teu nome. Eu afasto-me e peço-lhe que saia. Quando volto ao seu quarto está noutro novelo, desta feita enrolada no chão. Que todos a abandonam, que ninguém fica. Que quer ir embora também. A minha vida é uma merda. Não valho nada. Queria poder escrever um recado, deixá-lo sobre a mesa da cozinha e partir, como fez Very.

Estou em pé junto ao corpo encaramujado. As pontas do meu cabelo molhado pingam sobre as lágrimas dela. As persianas bloqueiam a maior parte da luz, deixando apenas contornos descoloridos. Tudo é sombra, ali dentro. Somos duas filhas do negrume. Descubro que não consigo mais empatia. Tropeço na distância entre aquele quarto e a *cartonería*, onde ouço relatos de neonatos trocados por garrafas de vinho e meninas de treze anos grávidas pela segunda vez. Hesito dizer:

— Se calhar o teu problema é que tens tudo e não sabes com que te preocupar.

Sei que é tão válido para ela quanto para mim, mesmo se o *tudo* dela inclui luxos que o meu *tudo* nem concebe. Deixo-a furibunda com o comentário. O rosto muito vermelho e os olhos muito abertos. Ergue tronco, voz e despeito:

— Não acredito que me digas isso! Logo tu!

Que eu sou uma ingrata, uma invejosa, que lá porque trabalho nas *villas* e me dou com *cartoneros* me creio moralmente superior. Que eu; e que eu; e que eu. Cada desaforo me magoa mais, sobretudo porque tudo em parte é verdade. Riposto. Vociferamos. A discussão toma proporções escusadas.

Num curto armistício em que cada uma recupera a seu canto, entra a mãe. Apesar das persianas corridas, Veronica atravessa o quarto de óculos escuros. Caminha muito reta e rígida, mal podendo equilibrar o tabuleiro onde traz dois sumos de pacote e dois pães tipo Bolicao que pousa sobre uma mesa. Recita algo que pode ter lido há muitos anos num manual que ensina a ser mãe:

— Aqui, meninas. Achei que podiam ter fome.

Sai sem olhar para nós. Levanto-me, limpo as lágrimas. Ainda dedico a María Francisca uma série de frases feitas sobre a desigualdade, o amor, sofrer, a vida. Repito que ela tem meios para ajudar muita gente.

— Não, *Panchi*, não estou só a falar de dinheiro.

Digo-lhe que nunca conheci ninguém com a vitalidade e o carisma dela; que trouxesse tanta alegria aos que a rodeiam. Acrescento, num último rasgo amoroso:

— A mim, por exemplo.

María Francisca não reage. Nem sei se me ouve. A deriva alucinogénica arrasta o seu olhar vidrado. Agarro no sucedâneo do Bolicao, na mochila e saio. Não antes de me agachar e lhe dar um último beijo, os lábios dela inertes, para sempre doces na minha memória. Um beijo especialmente demorado.

No mar da Cova do Vapor nadaste entre pontões enquanto eu atentei no teu lento progresso; nos pescadores ao longo da barra; aviões no céu; veraneantes à beira-mar. Tinha-se posto um dia idílico de praia. O marulhar abafava as conversas em redor, exceto um ou outro guincho de criança. Quando regressaste desabaste na toalha. Fechaste os olhos e fui vendo a tua respiração amainar. Improvisei uma cobertura com o meu vestido azul de algodão para, na sua sombra, ver o ecrã do telemóvel. Com a dicção alterada pela cara colada à toalha, teceste comentários reprovadores, que se supunha terem graça, mas que me magoaram. Não gostei de assumir que num glorioso dia de verão, ao lado de uma pessoa que não via há anos, precisasse de ir ver quantos likes obteve uma foto qualquer que publicara no dia anterior.

— ... E se queres saber mais — prossegui, numa linha de defesa escusada —, não é verdade isso de eu nem sequer ter tido telemóvel em Buenos Aires...

— Não tinhas, disso tenho a certeza.

— Claro que tive! Como é possível que não te lembres?

Certa tarde, com ganas de te surpreender, dou por mim a percorrer a Calle Florida em busca de um modelo baratinho. Compro o mais básico dos básicos e a funcionária da loja, com compridas unhas de gel e um ar de enfado típico das *porteñas*, tem a amabilidade de mo deixar operacional. Ao teu número sei-o de coração, à força da quantidade de vezes que liguei de *locutorios* para combinar um encontro ou avisar que chegaria *con retraso*. Para evitar esbarrar na multidão instigada pelo consumo, desvio por uma perpendicular mais calma. Tu atendes e eu faço-me passar por — não me recordo — fiscal de contas ou da segurança social, tento alarmar-te evocando com jargão legal uma dívida a prescrever, um assunto seriíssimo. O teu riso diz que não vou bem. "*¿Tengo una díbida, decís?*", falsamente alarmado. Por esta altura já tenho obrigação de saber que "dívida", em castelhano, se diz *deuda* mas, no frenesi da surpresa, o portunhol leva a melhor de mim. Desalinho a personagem.

— É teu este número? — perguntas.

Pedes que espere um instante e ouço, ao fundo, o afinar da guitarra. As primeiras notas e a tua voz. Rodopio na viela ao som de um tango que me cantas. Delongamo-nos. Ainda agora o comprei e já vou ficar sem saldo, mas deixo-me estar. Deixo-nos estar. Contemplo o fluxo de pessoas que se entrelaçam na passadeira entre a concorrida Florida e a sua perpendicular e o mundo parece perfeito nos seus multíplices defeitos, tudo no sítio onde carece estar. A tua voz, por exemplo.

Um valente encontrão derruba-me. Desequilibro-me e caio ao chão. O telemóvel ressalta no asfalto. Logo um ser gafanhoto, um miúdo ágil e trigoso, o agarra e desaparece rua fora. Um senhor de idade acode e ajuda-me a levantar. "*¡Era un nene!*", diz, desconsolado, a olhar para o fundo da rua onde a criança se sumiu. Noto o joelho esfolado, bem como a palma da mão, e sento-me na berma, nervosa, mas a rir. Um riso nervoso.

É esta a minha história enquanto detentora de um telemóvel em Buenos Aires. E o inaugurar de uma relação com o chão.

Dez anos mais tarde, agarrada ao telemóvel, agora um smartphone, verificava se o último barco para a margem norte seria tão cedo quanto me garantiram. Sentámo-nos numa esplanada da Cova do Vapor, com um jarrinho de vinho da casa e petiscos. Tudo propunha que nos estendêssemos, indolentes como o dia, mas eu temia o regresso, contigo já um pouco embriagado e duas bicicletas. Bebeste mais um pouco e sentenciaste *ya lo vamos a ver*, o que significava que só começarias a contemplar soluções quando a situação fosse irresolúvel. Uma parte de mim queria que ficasses realmente bêbado, para te poder finalmente perguntar tudo o que ainda não perguntara.

— O que é aquilo ali ao fundo? — Estendeste o dedo indicador e vi no vagar dos meneios que a oportunidade de te perguntar qualquer coisa não andava longe.

— É o Bugio. Podemos lá ir um destes dias.

— Vamos. Isso. Vamos agora — anunciaste sem te mexeres, o olhar perdido. Despejei o jarrinho de litro no teu copo e sinalizei ao empregado que trouxesse outro.

Começariam onde as perguntas: no início ou no fim? Parto da Calle Brandsen, detrás de um portão negro onde tu não estavas quando voltei? Bato a esta porta até que me respondas? A cada dia nos reencontramos, olhamos a linha do rio, o ângulo do sol, a inclinação da colina e perdemo-nos na espiral de bares, enquanto revemos a perspectiva de um e de outro sobre um passado comum que nunca se encontra. Perguntar tem sido o mesmo que não perguntar, dadas as tuas respostas elusivas. Onde estavas? Para onde foste? Como foi que o nosso amor anoiteceu?

Apanhámos, por um triz, o último barco; mas só depois de alguém te ver reiterar tombos da bicicleta e se apiedar, colocá-las na caixa aberta de uma carrinha e nos levar até ao cais de embarque. É assim contigo. Sempre aparece quem te safe.

Carreguei-te, e às bicicletas, para o barco. Os outros passageiros voltaram a preferir o convés superior e eu procurei uma parede onde te encostar. Sentei-me junto a ti, entre uma nesga de vista para o rio e um portentoso todo-o-terreno. Pendeste sobre mim, endireitei-te, voltaste a pender. Deixei-te decair e pousei a tua cabeça no meu colo. Apagaste imediatamente. Experimentei acariciar os teus cabelos, na curiosidade de saber se ainda despertava em mim algo próximo do desejo. Não. Os teus eram só os cabelos de um homem, já não eram sagrados. Não senti nada. Devia odiar-te? Perdoar-te? As pontas dos meus dedos percorreram o teu couro cabeludo, apercebendo-me de já não haver perigo de ir ao fundo nem chance de voltar a voar, simplesmente flutuávamos.

Lamentei que o último barco fosse tão cedo: porque interrompia a jornada de praia mas sobretudo porque nos faria chegar a Belém com a luz do dia. E sabia que história me recordaria essa abordagem. Outro rio, outro barco, as mesmas dúvidas.

Na noite anterior à partida para Montevideu estou em tua casa, a lutar contra o sono. Quero estar acordada quando chegares. Preparo as minhas e as tuas malas — pouca coisa, será só um fim de semana — e deixo as mochilas junto da porta. O barco partirá muito cedo. Pergunto-me se o teu plano será chegar tresnoitado ao cais de embarque sem passar por casa. Deverei levar a tua mochila? De manhã, continuo sozinha. Lembro-me de ter sonhado com Lisboa pela primeira vez desde que cheguei a Buenos Aires. É um sonho recorrente no qual ando pelas ruas, bato a portas, mas já não vive ninguém que me reconheça, que se lembre de mim. Pesadelos típicos de quem se demora no estrangeiro: medo de perder raízes. Acordo angustiada. Abro os olhos e penso "é hoje que a ventoinha cai", suspensa no teto mesmo por cima de mim. Sinto-me enjoada, incapaz de comer. Considero não ir sem ti, mas o meu visto caduca dentro de dois dias, é preciso sair e voltar a entrar no país para o renovar. Por que deixei para a última?! Enervo-me comigo e desta forma não contigo.

Saio à rua em roupão e chinelas. O *locutorio* a duas quadras ainda não abriu. Terei de partir para Montevideu sem ti. Do terminal de Puerto Madero guardo apenas a impressão de uma modernidade genérica que assumem os edifícios altos envidraçados. Lembro-me de alguns pormenores do ferry, confortável e cuidado, dos assentos estofados e forrados a azul, das hospedeiras uniformizadas a vender snacks e sobretudo da muzak, que me faz recordar as séries dos anos 80 passadas em naves espaciais. Ao atracar, penso em Lisboa. Os recortes de luz, a maresia, o chiar do cacilheiro, a linha ondulante do horizonte.

As memórias esgaçam-se a partir do momento em que desço do barco. Lembro-me da luz, oblíqua, que atribui uma aura às silhuetas. Tiro várias fotografias que nunca chegarei a ver, porque nunca as irei revelar. O susto, o chão. Ser tudo muito rápido, mas também fora do tempo, interminável. Enrolar-me em volta da barriga, como um bicho-de-conta. O chinfrim dos miúdos. Não sentir dor, não me aperceber da dimensão da violência. Enrolar-me mais, trancar-me. Não pensar em morrer, pensar em salvar. Pessoas a acudir. O sabor do sangue que me escorre pelo nariz ou pela testa. Corredores, tetos brancos, luzes frias, cheiro a éter. Não guardo um único nome, mas algumas caras. Alguém que me dá a mão.

Quando me conseguem transferir de volta a Buenos Aires, não sem a intervenção vigorosa do Consulado de Portugal, tu não estás. A mochila que eu tinha preparado não está à porta. A casa está vazia de ti.

Chegados a Belém, os passageiros apressaram-se a desocupar o ferry. Pessoas e veículos. Dei uso a uma toalha de praia para tapar a minha e a tua boca, sentados ao nível dos escapes, quando os carros em volta arrancaram. Abanei-te. Disse o teu nome. Várias vezes. Espirrei um resto da minha limonada no teu rosto prostrado. Um dos marinheiros, após ter orientado todos os veículos para fora do barco, veio admoestar-nos. Pedi-lhe auxílio para te tirar dali. Ele queixou-se de uma hérnia, disse que não conseguia carregar um homem do teu tamanho, mas foi buscar ajuda. Fiquei sentada com a tua cabeça no colo a sentir o embalar do rio. Com o motor finalmente sossegado, ouvia-se o zunido da ponte sobre o Tejo. O convés sem carros parecia ainda maior. As linhas amarelas traçadas no chão atribuíam-lhe uma beleza geométrica, cósmica, e uma súbita sensação de vazio. Intuí a aproximação de memórias que me esforcei por dissipar. O meu instinto ao longo dos anos tem sido o de as afugentar. Foste levado em ombros por dois homens enquanto me encarreguei das bicicletas.

— Tem a certeza, menina? — espantados, os marinheiros, quando lhes pedi que te pousassem no chão à saída da estação.

— Sim, sim. A nossa boleia deve estar mesmo a chegar — menti.

Permaneci agachada junto a ti, estirado no asfalto. Coloquei a mão no teu peito para sentir a respiração. Fechei os olhos e forcei-me a encontrar em mim mais do que as imagens soltas que salvei daquela manhã. Obriguei-me a recordar:

Desconheço o nome do miúdo cuja história gostaria de te contar. Não se encontram papéis a atestar a sua identidade mas aí o temos: esquálido e feroz. Pode ter um nome comum

— Juan, Ángel ou Pablo —, mas é conhecido por uma dessas alcunhas inspiradas em jogadores de futebol... *Recoba*, por exemplo. Sim, vamos dizer que esta é a história de Recoba.

É um miúdo mas poderia ser uma miúda. Eles e elas encontram-se em ruas indistintas do planeta, quase sempre descalços, regra geral esfaimados. A aldrabar destinos, a passar a perna à miséria, são mais de cem milhões de crianças que sobrevivem nas ruas de Luanda, Cabul, Cidade do México, Calcutá, São Paulo, Bucareste; entre tantas outras, Montevideu. Não, espera: Recoba nem sequer nasceu no Uruguai. Pode bem ter vindo no extenso movimento migratório que faz com que famílias completas ou desmembradas atravessem continentes e rompam fronteiras em busca de trabalho e de uma vida melhor. Fogem da guerra, da corrupção, da falta de emprego. Fogem do medo.

Recoba é argentino. Nasceu em Rosário, em plena crise de 2001. Não é certo quando se terá apercebido de que há muitas formas de atravessar os dias e que a ele calhara a circunflexa. Os pais já eram pobres quando a mãe engravidou, mas foi quando ele nasceu que a fábrica onde trabalhavam fechou; um sincronismo sem relação causal que motivaria o desatino dos primeiros anos da sua vida.

Os irmãos abandonam a escola. As raparigas nunca tinham ido. A divisão da família é imperativa: o pai fica em Rosário com os dois crescidos, irão *cartonear* para sobreviver enquanto procuram trabalho. A mãe irá com os restantes e o bebé para o Uruguai, onde tem uma tia afastada, uma mulher de bom coração que os poderá acolher. A travessia de duas horas é feita num barco de mercadorias. Recoba guardará o cheiro fétido do porão e do hálito da mãe depois de vomitar. Mareados mas encorajados, desembarcam em Colónia. Daí apanham um *coletivo* para Montevideu. Outras quatro horas sem que os vença o cansaço. Recoba dorme a maior parte da viagem, apesar dos solavancos e do chiar intermitente de um travão. A tia espera-os na paragem final. Sobem então para uma carrinha de caixa aberta, com outros que improvisam naquele veículo o transporte público que não existe. Para os irmãos, tudo é vivido como uma aventura; e chegar, uma alegria. A tia vive num casebre pobre mas limpo. Têm um teto. Dormem oito num quarto estreito, três adultos, quatro crianças e Recoba.

A tia tem a pele enrugada e cheira a lixívia; mas as sensações que guarda dela são macias e fragrantes. Não tem emprego mas está sempre a trabalhar. O seu quotidiano parece um jogo em que perde quem repetir uma tarefa: costura, cozinha para fora, vai de porta em porta como adeleira. Às vezes as senhoras da zona rica a quem limpa as casas dão-lhe roupa da qual se saturam. A tia estende-a no chão de terra batida da rua principal da populosa *villa* onde vivem e com o vaivém de pés e pó qualquer peça se torna castanha. Mesmo assim, vende-se. O problema é que o tio, um homem sisudo, bebe o dinheiro. Um retesar dos músculos é a forma como se lembra do tio.

A primeira memória cabal é a do dia em que alguém lhe explica o que significa ter cinco anos. O espanto. Está vários dias a tentar compreender o valor daquele número, como o aproxima de outros meninos do bairro e o distancia dos irmãos. É por essa altura que começa a ajudar, vendendo pacotes de lenços, ganchos de senhora, esponjas e outras aleatoriedades que a tia consegue trazer da zona rica. Caminha o dia inteiro atrás dos irmãos por umas quantas moedas. Nos dias bons dá para uma garrafa de óleo ou para uma broa. O que seja, antes que o tio lhes deite mão.

Certa vez, a tia chega com uns Puma pouco usados, que só servem a Recoba. Pede que não os vendam, que deixem o mais pequeno usá-los. Sente-se um rei naqueles ténis. Em poucos meses começam a apertar e estão já imprestáveis. Mesmo assim, vendem-se por cinquenta pesos.

Recoba nunca chega a rever o pai que, passado um ano, deixa de dar notícias. A mãe promete que ele os virá buscar e que irão viver no campo, nos arrabaldes de Rosário, cultivar comida e estudar na escola que só existe nas histórias da mãe. Com o tempo, até ela deixa de evocar o pai, exceto quando se descomportam. "Olha que eu conto ao teu pai!", ameaça, ou "se o teu pai sabe disto!", mas é em vão: não há respeito ou força autoritária naquela ausência. Medo, só do tio.

Uns anos depois, a vaguear pelas amplas avenidas do Centro onde circulam os turistas, Recoba completa a aula de mendicância diária, quando um senhor muito aprumado o aborda e lhe pergunta se tem fome. Inusitada pergunta, é possível não ter fome? Paga-lhe um *chivito*, o repasto mais indiscriminadamente presente nas ruas da capital. Noutro dia, um *pancho*, da vez seguinte um *choripán*, Recoba devora cada oferta com sofreguidão e depois vê-se forçado a reclinar-se num banco ou à sombra de uma árvore. O estômago desabituado de tanta caloria. Esse homem desaparece durante meses em que Recoba não deixa de sonhar com ele uma só noite. Implora aos irmãos que lhe *deem* a 18 de Julio e percorre-a com um único escopo. O que aconteceu ao homem elegante?

Quando volta a vê-lo, vem desaprimorado. O rosto retesado, ausente. Não pergunta se Recoba está bem ou se tem fome, apenas lhe põe quatro notas no bolso. Recoba sente-se muito aflito, como se tivesse feito algo mal sem compreender o quê, e segue-o. Não sabe o que quer daquele estranho, mas não é dinheiro. Quer chorar e não se lembra como.

O homem acena ao trânsito e entra no primeiro táxi que se desvia para o recolher. Será a última vez que o irá ver e Recoba sabe-o, só não sabe porquê. Deixa-se abater sobre a estrada, logo alvo de duas buzinadelas e um palavrão. Relaxa os dedos pétreos enfiados no bolso e conta 400 pesos muito amachucados. Nunca tinha tido tanto dinheiro na mão. Ergue-se, olha em redor. Quer vangloriar-se aos irmãos mas teme ficar sem ele. Decide gastá-lo. Resolvido a responder à fome, tem no entanto de confrontá-la com sonhos de ténis, camisolas, brinquedos; de tudo aquilo que facilmente irá descobrir que aquela quantia para si extravagante, mas afinal módica, não cobre. 400 pesos dá para pouco.

Quando os irmãos já o procuram ao longo da 18 de Julio, Recoba está noutro bairro, a percorrer as ruas com um interesse original. Os objetos das montras não são mais uma miragem, pois traz no bolso um encurtador de distâncias. Numa loja de bugigangas, atrai-o uma coleção de pósteres de jogadores de futebol, mas não sabe dar sentido às letras dos nomes escritos e não tem a certeza do aspecto desse Recoba original. Já o tinha visto, mas em ecrãs pequenos e sem resolução. O dono da loja tenta afugentá-lo. "Tenho pesos", explica. Revela as notas, qual tesouro.

— Onde roubaste isso, miúdo?

Enfurece-se:

— Um senhor deu-mos! Um senhor deu-mos!

— Calma. *Plata es plata*. Dá-mos cá. Os grandes custam 500 pesos mas podes levar um pequeno por 350. Ainda ficas com 50 para guloseimas.

— Quero o grande. Quero o Recoba.

— O Recoba, hen? Tens bom gosto. Mas não tens 500 pesos. Lamento.

O miúdo recupera o dinheiro num gesto irado e desaparece. Um calor luciferino enche-lhe o peito. Olha para as pessoas que passam, sabe o que tem a fazer. Tinha visto os irmãos fazê-lo mas ele próprio não se aventurara. Trata-se de um pedido da tia que ele faz por respeitar: aconteça o que acontecer, nunca roubes e nunca injuries alguém mais fraco. Decide naquele momento que irá sempre respeitar o segundo.

Quando volta à loja com os quinhentos pesos, tem mais dois centímetros. O vendedor escarnece:

— E este, também to deram...?

O entusiasmo com que Recoba chega a casa, com o canudo debaixo do braço, faz com que não se aperceba por que motivo se contorcem os irmãos, em advertência. O tio, alheado, parece não atentar na sua alegre lengalenga. O seu cantarolar de criança num mundo sem mal. A mãe tenta calá-lo, levando-o para dentro sob o pretexto de escolher onde afixar o cartaz. Quando se levanta, o tio luz o pior no olhar e o cinto na mão. A tia atrás dele a implorar que se acalme, a mãe a escudar Recoba com o corpo. A maior tareia da sua vida.

Foge. Leva o póster e foge. Corre até não sentir as pernas e, exausto, abriga-se debaixo do viaduto da 25 de Julio. Faz uma cama com caixas por ali largadas, o póster de Recoba defendido entre camadas de cartão. Deita-se, encolhido. A noite húmida cobre o seu corpo. De manhã acordam-no os pontapés e apupos de um grupo de miúdos que não somam à idade dele mais que meses. Deixa-se sovar. Quando se cansam, querem saber como se chama. "Recoba não é nome de uma vírgula como tu!". Perguntam-lhe se sabe roubar e ele afiança que sim, confiante no seu ato isolado. Não se largam mais. Varrem as ruas, os bolsos, as malas, as carteiras e, se não bastar, mendigam nos semáforos. Gosta dos seus novos amigos. Há quem diga o seu nome várias vezes ao dia e isso é ser um bocadinho alguém. Aletrada-se rapidamente no alfabeto do roubo, é astuto e observador. Óculos escuros de marca, batom, ténis, atacadores, camisolas, cintos, telemóveis, uma caixa de pastilhas elásticas aberta. Com dois desodorizantes já se fuma um médio. A sua energia começa a ser canalizada em exclusivo para a dose seguinte. Quando fuma, sente-se forte e importante. Válido e capaz. Tira-lhe a fome e dá-lhe uma inefável sensação de poder.

A sensação de poder aos mais impotentes.

Um dia é preso. Preparam-se para um roubo em matilha, movimento que é para ele o mais divertido. Porque vão juntos. Em plena fuga, Recoba avista um dos irmãos, e o instante em que para, indeciso, é suficiente para ser levado pelo aperto boçal de um polícia. O irmão, com uma caterva de gente de permeio, paralisado, a assistir.

Na esquadra, falam muito em papéis. Recoba não sabe do que se trata e a ignorância, tomada por petulância, vale-lhe alguns açoites. Não tem nada a provar que é argentino, nem uruguaio, nem sequer um rebento do chão. Dorme duas noites na prisão, leva paulada de guardas e de outros miúdos tão aflitos quanto ele. Acabam por ter de o libertar, é menor. Menor que menor.

Um dos guardas, à saída, é quem pela primeira vez lhe chama *paquero*. Recoba reconhece-lhe o sotaque. É argentino.

— Eu também! Nasci em Rosário. O que é um *paquero*?
— *Sos un hijo del paco, boludo* — Recoba não percebe, mas agrada-lhe. Ser filho de algo. — Aqui chamam-lhe *pasta-base, bazuca, angústia, pasturri, mono, marciano*... É tudo a mesma merda. É tudo crack. E tu estás fodido... Já te agarrou.

Tantos nomes para descrever o lixo que sobra da preparação da cocaína, os restos, misturados com gesso, bicarbonato ou cal. Juntam-lhe veneno para ratos, se for preciso. Cheira-se ou fuma-se. É a droga mais barata, tóxica e letal.

A Recoba só lhe interessa que haja um passaporte para fora da sua vida. É curto e intenso: leva segundos a bater e dura escassos minutos. Mas governa-te o dia. Come-te os sonhos.

O grupo vai esbarrondando. Os roubos pequenos já não sustentam o tamanho do vício. Ficam pendentes da horda de turistas ricos — para eles, ricos — que descem dos ferries ao fim de semana, vindos de Buenos Aires, que também consideram uma cidade faustosa, sem imaginar que, do lado de lá, sobrevivem a custo milhares como eles.

Naquela manhã, Recoba acorda com uma vontade de fumar inversamente proporcional ao seu tamanho. Tem oito anos e não sabe.

Presa fácil, aquela rapariga. Absorta a fotografar, nem os vê chegar. Avançam rasteiros e só aceleram na sua direção quando a têm encurralada. Saltam sobre a mochila. Ela cai. A pesada câmara fotográfica arrancada ao pescoço com um puxão seco. Uns tratam de carregar sobre o corpo jazente, enquanto outros lhe levam tudo. Não traz joias, nem sequer brincos, mas na mochila há bastante que derreter em dinheiro: carteira, cartões, documentos; uns sapatos bordô com os tacões muito finos e altos. Um livro e um caderno. Um cata-vento colado numa palhinha, sem qualquer valor comercial, que um deles irá guardar à escondida dos outros.

Levam tudo e fogem. Só Recoba não desgruda. Está a dar-lhe um sublime deleite pontapeá-la. Circuitos no seu cérebro acendem-se de prazer e morrem de vez. A cada golpe que deposita antecipa a droga que irão poder comprar. Como sabe bem! Os restantes, ao longe, detrás do pavilhão de embarque, a bradar a palavra de código para "políciaaaa!". Dois vendedores ambulantes a largar as suas bancas e a correr em socorro da rapariga, encolhida, parece um bicho-de-conta, nem sequer protege a cabeça, toda encaracolada em volta da barriga.

Um último golpe, com a força acumulada pela dimensão do amor negado — e Recoba a correr. Corre, corre. Recoba corre. Só para de correr quando não sente mais o céu nem o chão, o calor ou o corpo, quando não sente mais a carência ou o vício, a idade ou o futuro, quando não sente mais o coração a bater-lhe no peito.

DIA 5

A manhã fintou o quebra-luz e trouxe a certeza de não querer continuar a passear contigo como se nada fosse. Ou como se tudo fosse e tudo eu perdoasse. Hoje não te iria ver. Nem hoje nem.

Levantei-me a custo da cama e percorri o apartamento, um dédalo de pensamentos malquistos. Abri as portadas de madeira da sala e deixei que a luz de julho inundasse o meu humor. Pus café ao lume. Sumi-me na varanda com um livro, mas só para desistir de frases que o olhar varria, uma e outra vez. Tentei em vez disso arrumar, ordenar, concertar. Dei por mim com uma meia e uma agulha na mão, como se tivesse nascido ali para aquele gesto e não me ocorresse completá-lo. O mais sensato é trabalhar, decidi. Sentei-me ao computador, abri pastas e fechei janelas. Aproximava-se o prazo de candidatura a uma bolsa. Revi a lista de requisitos como se estivessem escritos num idioma estrangeiro. *Carta de intenções*, por exemplo: serei quem sonhou estes projetos? Perante a angústia que alastrava, liguei a uma amiga. Usei o termo "incapaz" várias vezes; pelo menos uma "resgatar". Teresa chegou em meia hora, a buzinar desde o seu resumido Fiat branco de linhas ovais. Reagiu ao meu semblante carregado com uma expressão de ternura e cuidado. A caminho, com o olhar na estrada e a atenção em mim, disse que estranhou o meu silêncio nos últimos dias mas que me imaginou retida em casa, a enlouquecer, como tantos, no purgatório burocrático das sucessivas candidaturas. A papelocracia da vida artística: pedimos cartas de recomendação quando poderíamos escrever cartas de amor.

— Nem toquei nisso, confesso.

Disse que tu estavas de visita, sem explicar quem és. Continuava sem saber se me tinhas vindo visitar a mim ou Lisboa. Teresa tentava seguir as minhas elucidações mas a incoerência do discurso fazia com que me interrompesse com perguntas, muitas delas simples, tanto quanto evidentes:

— Se te está a fazer mal por que não paras de o ver?

Reproduzi conversas dos últimos cinco dias, dez anos. A trama tinha demasiados buracos — queixava-se outra vez —, agora paradas no tabuleiro da ponte. Lisboa inteira tinha decidido vir à praia connosco.

— Espera. — Abria ela cada frase neste dia. — Então mas disseste que não o tinhas voltado a ver...

Sobre o areal sobrelotado estendemos toalhas e considerações. Provámos o mar. As águas da Costa estavam geladas e fomos fazendo de conta que entrávamos, primeiro à bordinha, depois com a água pelas coxas. Explanada a vida em Buenos Aires, mergulhámos em águas profundas: voltar a Berlim, persegui-lo por Marselha, do reencontro em Beirute.

— Espera. Porquê Marselha?

— Um amigo comum enviou-me um vídeo do YouTube. Pareceu-lhe reconhecer uma das máscaras que ele usava, ou era a guitarra, não sei. No enquadramento, ao fundo, num toldo azul com letras brancas podia ler-se *boulangerie*. Enviei o vídeo a contactos em França e em poucos minutos soube que se tratava de Cours Julien, Marselha.

— E tu foste?

— Enchi uma maleta e corri para o aeroporto. Só que o bilhete era caro e tinha-me esquecido dos documentos. Voltei para casa, tomei um banho, cozinhei, fiz as malas e comprei na net um bilhete de comboio em promoção. Parti na manhã seguinte. À noite estava em Marselha. Doze horas de viagem passadas integralmente a romancear com o que lhe iria dizer quando o reencontrasse enfim.

— O que lhe disseste?

— Nada. Quer dizer, não o reencontrei.

— Tinhas alguma garantia de que o irias ver?

— Nenhuma... Até me lembrei da rapariga da loja de flores. A frase que ela disse fazia de novo sentido, passados tantos anos.

— Espera. Qual rapariga?

— Aquela. Muito jovem. A que disse "parece-me o tipo de artista que anda por onde lhe apetece"... Sabes, quando vi o palhaço? Ou melhor, quando voltei ao cruzamento onde o tinha visto a fazer o número de palhaço, sem saber que era ele...

— Ah, então *ele* era o palhaço! Não tinha percebido. Acho que precisas de me contar tudo por ordem e com calma.

Foi o que fiz, num esforço original. Teresa acusava cada peça solta. Havia tantas.

Mergulhámos então. Nadámos para fora de pé. Deixámos que a largueza da braçada e o lençol semovente das ondas compusesse memórias desmembradas. Cada uma nadou para seu lado, depois nadámos juntas, e a seguir flutuámos. Submergimos e tentámos ver-nos debaixo de água. Até nos doerem os olhos. Nem tudo está perdido enquanto for possível o mar — comentei. Teresa não discordou. Falou-me da sua semana, de uma grande chatice com alguém que interpretara mal um comentário seu online; e dos desafios na sua relação; do amor, da vil rotina, a tentação do desamor. Nunca sossega. Nunca sossegamos.

Voltámos para as toalhas. Comentámos uma peça de teatro que eu não tinha conseguido ir ver; contemplámos planos para os meses de verão — eu não tinha nenhuns — e atualizámos episódios recentes de vidas alheias. Um casal amigo que estava junto há vários anos e que decidiu separar-se. A vida voltou a conter muitas vidas dentro, com a minha a parecer sadiamente diminuta, desimportante, posta com outras numa esquecida gaveta por abrir. Os corpos tinham secado e as nossas peles morenas estalavam ao sol. Decidimos voltar ao mar.

— Quando chegaste a Marselha, como foi que o procuraste?

A preia-mar trazia ondas temerárias que embatiam em nós clamando sentido.

— Avança — pedi.— Vamos sair da rebentação.

Como se encontra alguém numa grande cidade? Como o iria encontrar em Marselha, tendo pouco mais que as coordenadas de um avistamento numa praça concorrida e o instinto toldado pelo abandono?

Quando recebo as imagens vídeo da sua atuação, estou em Berlim há dois anos e tudo o que fiz neste ínterim foi persegui-lo. A minha missão única é tentar perceber o que aconteceu, num sofrimento mudo que me imobiliza; enquanto aparento assistir a palestras, ler livros, tomar cafés com promissores estranhos e atravessar os parques de bicicleta. Na tentativa de o localizar, escrevo a amigos comuns, a estranhos, situo familiares. Tudo dá em nada.

Desde o primeiro pé em solo francês, cada detalhe me parece enlevado. Resplandecem as ruas encardidas. Os semblantes ríspidos e trancados, a morrinha fria que pica sem molhar; tudo se me adivinha salvífico. Enquanto espero resposta do meu único contacto, um bom amigo de uma amiga que me poderá vir a oferecer guarida, chamo meu ao quarto mais barato que encontro. É um cubículo austero, húmido, despido de comodidades e com um ligeiro cheiro a gás vindo do fogão que, por precaução, nunca ligo. Mas limpo e bem situado, num edifício de traça antiga numa rua exígua a poucos minutos de Vieux Port. "Porto Antigo", sugere Teresa.

Depois de um rápido reconhecimento do cais iluminado pelo luar e um espontâneo concerto para cordas de mastros orquestrado pelo vento, decido recolher. A missão para o dia seguinte será esgotar toda a informação que possuo, dirigindo-me ao Cours Julien, identificando a boulangerie do vídeo, procurando perceber de onde terá sido filmado. Suspeitando que ali nunca o irei reencontrar.

Assim é. A praça está banhada por uma luz dourada e límpida. Sento-me num banco coberto de sol e graffiti. Os transeuntes ocultam-se debaixo de casacos grossos num março mais frio que o habitual. Apesar disso, a praça mantém uma fragrância estival, pelo andamento despreocupado e pelo garrido das flores e da fruta no mercado. A estética vetusta dos materiais surrados pintados a spray fluorescente é idêntica à de Berlim. Só que em Berlim mesmo os locais mais coloridos têm o condão de parecer cinzentos.

Observo com atenção. Aquele é o único sítio onde sei que ele esteve depois de ter escolhido não estar mais a meu lado.

Ao divagar sem critério por ruas próximas interrogo-me: se isto fosse Buenos Aires, onde o encontraria? A questão é em lunfardo mas a resposta surge em provençal occitânico, na forma de ruas e recantos de Marselha. Caminho o dia todo. Recolho depois da última centelha de sol, apercebendo-me de que estas ruas não são meigas com uma mulher sozinha. Decido de antemão recolher mais cedo ou encontrar com quem possa sair de noite. Dorida mas esperançada, reencontro o colchão de molas exaustas. Tenho sonhos fantásticos e alguns pesadelos.

Na manhã seguinte, feitas as compras frugais num mercado de rua, onde as vendedoras me ferem com a nota demasiado alta do seu *bonjour*, sento-me noutro banco público — prefiro não pagar o acesso a uma esplanada — e folheio um jornal que alguém deixou para trás. Demoro-me na agenda cultural, apesar de saber que quem busco prefere a cidade que não se imprime. Presto especial atenção aos cartazes colados nas ruas. Recolho flyers de festas e concertos, que estudo ao chegar a casa.

Os dias passam. Tendo como eixo o Velho Porto, alargo a minha circunferência e exploro os bairros arredados. Há zonas onde Marselha se esquece de pertencer à Europa. Entro por caminhos que de imediato decido abandonar, a sua ostensiva precariedade a ativar os meus medos. Certo dia perco-me mesmo e cada rua pela qual sigo me parece mais destituída. Cães vêm ladrar na minha direção. Resolvo imaginar que atravesso La Boca. Quem me estiver a ver tem de sentir que pertenço ali. Caminho como se fossem estes os meus trajetos diários, sonâmbulos pela repetição. Como se os estores alaranjados e o portão negro da casa dele me esperassem ao virar da esquina. Quase acredito que ele me aguarda também.

A cada dia volto à base mais desmoralizada. As jornadas são agora muito parecidas entre si. No meu estreito cubículo, fixo o mapa, na esperança de que algum símbolo me fale dele ou do seu paradeiro. Estudo as linhas traçadas por ruas e alamedas como quem olha o céu e espera reconhecer Ursa Maior, Balança, uma Coroa Boreal. Encontrar norte.

Ao sair e regressar a casa, gasto preciosos cêntimos num cibercafé com internet e café barato, ambos péssimos, a primeira lenta e o segundo aguado. Certa manhã, enfrentando um novo dia com os cabelos húmidos e a angústia pegadiça de quem não sabe o que faz, ilumina-me a caixa de correio a ansiada resposta de Thomas, o amigo da minha amiga. Anoto o seu número de telefone e ligo-lhe via Skype. Abandono o meu cubículo nessa mesma tarde. Pesada com a mochila mas aligeirada com a quebra de rotina, aprecio a curta caminhada até à morada que me enviara, Le Panier. Sento-me encostada na ombreira do prédio indicado. Thomas chega pouco depois. Alto, delgado, de faces rosadas e melena loura muito desalinhada: um querubim espadaúdo. Simpatizamos logo. Conduz-me por escadas sinuosas até umas águas-furtadas. O seu apartamento tem áreas modestas mas está eximiamente decorado. A parcimónia de objetos sugere critérios escrupulosos: um turíbulo de prata ornamentado; e uma seleta coleção de instrumentos musicais — flautas, uma corá e um balafom. Pergunto-lhe se funciona a jukebox cujas cores garridas contrastam com a paleta sóbria dos estofos, almofadas, cortinados e carpetes.

Thomas indica-me as escadas estreitas que dão acesso ao mezanino onde diz ser o meu novo quarto. Subo. Apesar de ter vista sobre a cidade, o meu olhar prende-se à estante que acompanha a inclinação do teto. Aproximo-me, magnetizada por uma lombada grossa com o nome da artista francesa que elevou a perseguição a uma forma de arte, Sophie Calle. Sem aliviar sequer a mochila das costas, tiro-o da estante. Não via aquelas imagens desde a faculdade, mas parece a primeira vez. Ganharam um significado diferente.

Só ali me ocorre que, aos rituais persecutórios que ocuparam os últimos anos da minha vida, se dedicaram vários artistas. Na sua obra, reconheço as minhas ferramentas: cadernos cheios de datas, ruas, números de telefone, descrições, pistas. O retrato que se usa para perguntar pela pessoa. A condição de quem percorre as ruas focado numa silhueta específica. Desejar, tanto quanto temer, encontrar o objeto de perseguição.

Ao contrário de Sophie Calle, não tinha acompanhado a minha busca por imagens; o gosto de fotografar tinha-se ido com aquele último rolo, nunca revelado. Não anotei nada que não estivesse relacionado com os trâmites de descobrir o seu paradeiro, dado que nada daquilo era para mim um projeto artístico em busca de se confundir com a vida.

Sento-me na borda da cama, com a mochila nas costas e o livro pousado nos joelhos. Encontrá-lo precede em mim a capacidade de voltar a criar, não a instiga. Não me sinto justificada, como imagino que Calle se sentiu quando perseguiu um desconhecido chamado Henri B. pelas ruas de Veneza, quando pediu à própria mãe que contratasse um detective privado para a seguir, ou quando fotografou quartos de hotel sem o consentimento das pessoas que neles pernoitavam. Sinto-me outrossim apoucada e um tanto ridícula. Não me resta alternativa.

Ouço a voz de Thomas, vinda do andar de baixo; se quero tomar algo na varanda. Apesar disso, penso, agora tenho companhia — e isso dar-me-á acesso a bares e restaurantes, um concerto e até a uma ida ao teatro. Dedicamos o fim de semana a passear, a visitar amigos dele, fazemos compras e conversamos. O inglês de Thomas, acentuado na sílaba grave, faz-me rir mesmo quando não diz nada com graça. Não tanto, porém, quanto ele ri do meu francês.

— É engraçado passear contigo. Não prestas qualquer atenção aos edifícios ou monumentos. Só te focas nas pessoas.

Não é uma crítica, pelo contrário, não o explico. Falo-lhe vagamente da escrita, de gostar um dia de escrever um conto passado em Marselha. Depreendo que a minha amiga lhe terá falado da exigente tese de doutoramento que me retém em Berlim. Para ele, adentrado num pós-doutoramento em estudos patrimoniais, o que quer que isso seja, bastou-lhe essa explicação. Não pergunta mais. No dia seguinte, acrescenta:

— Se queres escrever um conto sobre Marselha tens de ir ver as calanques.

Espalha sobre a mesa do pequeno-almoço folhetos com imagens soberbas e preçários proibitivos.

— Não tenho um tostão para lides turísticas...

— Conheço uma pessoa que trabalha numa dessas operadoras. Queres que pergunte se dá para te levar?

Nessa mesma manhã estou no Velho Porto à hora indicada no folheto. O amigo de Thomas é simpático e acolhedor. Passa-me um bilhete, uma brochura em espanhol e um colete insuflável, sem perguntas. O grupo de estrangeiros reúne-se em torno dele e deslinda os marcos essenciais da viagem até Cassis, passando pelo Château d'If e a Île Maïre. Sente-se o quanto o contraria ter de falar inglês. Partilha uma série de considerações históricas sobre o que vamos ver, mas entretanto abstraí-me e não retenho nada. Sei que me distraio. Não o irei encontrar num barco cheio de turistas. Não sei justificar esta deriva, nem estou numa fase em que possa reivindicar férias.

Os passageiros dispõem-se em bancos corridos ao longo da amurada. A frequência de casais faz-me acreditar num pacote promocional para luas de mel. Afastando-se da costa, socializam entre si. Repetem-se duas perguntas: "De onde vêm?" e "Quanto tempo ficam em Marselha?". Receando ser alvo de interesse, coloco os auriculares do iPod sem o ligar. Ninguém ousa abordar-me. Um casal bastante jovem troca de lugar para conversar melhor com os novos amigos e é então que reparo nela, a única outra mulher sozinha no barco. Está debruçada, com o olhar imerso. Não lhe vejo o rosto. Prende-me a linha esguia do seu vestido amarelo-torrado, largo e solto, que realça o castanho índico da pele. Contrasta com os tons celeste e cerúleo que nos rodeiam. Há uma espécie de uniforme turístico, roupas libertas e ténis para caminhar, do qual eu não destoo. Nela, porém, umas sandálias finas e delicadas, o tecido sedoso, pulseiras e anéis; um casaco de malha cor de pérola leve demais para as mínimas destes dias. Parece indiferente ao mistral. A sua serenidade antecipa o vigor das monumentais calanques: enormes escarpas de calcário que se precipitam sobre o mar turquesa. Um manto rugoso ao qual pinheiros rasteiros e outras plantas silvestres se tentam agarrar, sem esconder o temor ao ângulo e à derrocada.

Quando abordamos a primeira calanque, numa breve baía esculpida pela erosão do vento e do mar, a mulher torna sobre si mesma. Vejo-lhe a cara. Não tenho, nesse primeiro instante, a percepção de se tratar de uma mulher bela. Os seus traços são como o desenho de letras que, quando justapostas, não significam nada. Os olhos demasiado juntos ou as sobrancelhas demasiado altas tornam o rosto desigual. Mesmo assim, é-me difícil afastar o olhar.

As calanques envolvem-nos. Na sua imponência, parecem observar-nos. Pergunto-me de que maneira Thomas imaginara que um fenómeno destes deva integrar um conto passado em Marselha. São, de certa forma, demasiado dramáticas para serem apenas cenário. Personagens? Que diriam? Aqui acocoradas sobre medidas de tempo incalculáveis, o que as preocupa?

Imagino então que nos refestos de uma das penhas estaria inscrita uma pista. Que seriam as calanques a desvendar o mistério que me move, mesmo que o caminho a seguir se revelasse num processo de associação livre, muito livre.

Atenta, aguardo.

Surgem imagens, mas nenhum trilho.

Quando volto a olhar na direção da mulher, não a vejo. Aflijo-me. Levanto-me. Percorro o barco apesar da ondulação. Fico furiosa por me ter distraído. Não estou em condições de perder nada nem ninguém.

Mais nada ou mais alguém.

Procuro em volta da embarcação e no lençol de água translúcido — poderá ter caído? Já avanço na direção do amigo de Thomas quando a avisto, a lavar as mãos num pequeno lavatório, entre duas portas vermelhas. No alívio de a encontrar não tiro mais os olhos dela. Não voltarei a largá-la, repito. Não voltarei a largá-la.

A rota inclui uma paragem para mergulhar numa enseada sem ondas onde o azul do mar atinge uma intensidade impudente; mas ela não mergulha e, por isso, eu também não.

Mantenho os auriculares postos. Agito o pezinho ao ritmo de um compasso ficcional. O amigo de Thomas faz-me sinal, confirmando se quero mesmo prescindir do visível deleite dos casais que se aprazem nas águas tépidas, encenando em simultâneo sofisticadas produções fotográficas. Pouso a mão sobre o estômago em sinal de indisposição.

Ao desembarcar, ela desenvencilha-se bem do grupo e é a primeira a afastar-se. Agradeço atabalhoadamente ao amigo de Thomas e corro na direção da mulher. De súbito, é claro!, explorarei Marselha através da sua rotina. Terei nela o meu eixo e será em torno dela que tudo se desenrolará. Uma intuição tão forte só pode querer dizer isso! Sigo-a de longe. Caminhamos durante vinte minutos por ruas que me parecem familiares, até ela entrar num bairro de moradias ajardinadas e pelo portão verde de uma vivenda. Aguardo, mas nada. Num café próximo pergunto onde estamos e depois de me dizerem "França" e se rirem, de me dizerem "Marselha" e se rirem, lá me dizem: "Endoume". Um dos empregados de mesa é português, reconhece o meu sotaque. Quer saber a minha história. Eu conto-lha, mas não a verdadeira. Parece desconfortável. Corta a conversa de forma abrupta para voltar ao trabalho. Antes, porém, insinua a direção do mar, apontando para uma ruela estreita que me garante ir direta ao paredão marítimo.

No dia seguinte, estou bem cedo à porta da mulher do barco, montando poiso num muro baixo do lado oposto. Vejo-a um par de vezes à janela: ao final da manhã e uma hora depois. A meio da tarde vejo sair duas mulheres vestidas com tecidos estampados de cores garridas, uma delas carregando um volumoso saco de plástico que deposita no contentor do lixo. Desaparecem no final da rua.

A mulher passou o dia em casa e está na hora de eu recolher também. Largo o meu posto de vigia com contrariedade, mas quero estar em casa quando Thomas voltar, e encontrar formas de lhe agradecer a hospitalidade. Ele chega tarde e cansado. Pergunto-lhe por que não troca as duas horas de pêndulo diário por uma casinha perto do laboratório e ele explica que as rendas em Aix-en-Provence são "obscenas", é o termo que emprega, obscenas, e eu confesso que quando me disse quanto paga pelo apartamento onde estamos pensei algo similar. Digo-lhe quanto pago pelo meu espaçoso T2 em Berlim e ele ri-se. "Berlim não existe. É uma bolha e vai explodir". Em poucos anos, explodiu mesmo.

Gosto de ter o jantar feito quando Thomas chega, refeição que confecciono com ingredientes baratos dos mercados onde posso negociar com os argelinos no meu francês rudimentar. Quando vamos a qualquer lado, insiste em pagar-me a bebida, o bilhete, o táxi para casa. A cidade é cara, ou é ele que a habita de forma dispendiosa, não estou certa. Assumo que vou ter de ligar para algum bom amigo de Berlim a pedir dinheiro emprestado mas, enquanto não me afoito, procuro formas de retribuir. Tento acordar mais cedo para preparar o pequeno-almoço e costuro a bainha solta do cortinado da sala. Fora isso, tudo parece por estrear.

Este aconchego doméstico gera nele porventura outra disponibilidade. Não sei onde termina a sua simpatia e começa o seu envolvimento. Também me adoça os passeios saber que o verei ao final do dia. Enquanto espero um vislumbre da mulher, fantasio com o que cada noite trará. Até ao instante em que Marselha me relembra do que ali me trouxe e me sinto trancada. Nada mais poderá acontecer enquanto não o encontrar.

Quando volto a conseguir estar cedo em frente à vivenda dela, vejo-a sair passados poucos minutos. Vem pela primeira vez de calças, botas altas, com um casaco comprido de cor violeta. Leva o cabelo solto e esticado e uns brincos que lhe roçam os ombros. Caminho atrás dela. Escreve no telemóvel sem abrandar. Não se passeia, tem um destino. Um par de quarteirões adiante acena a uma mulher loura sentada na esplanada de um bistro igual a tantos outros. Observo-as ao longe. A amiga levanta-se. Dão um abraço prolongado. A minha mulher despe o casaco e pousa-o nas costas da cadeira. A loura extremamente interessada na blusa que a minha mulher veste.

Não, não é a roupa o que comentam.

A amiga toca-lhe na barriga.

A forma como uma e outra pousam a mão naquela barriga.

A minha mulher está grávida.

Respondo a uma vertigem apoiando-me no tronco de uma árvore. Desconcertada, fico a vê-las demorarem-se. Mudo de posição para poder ver de frente a minha mulher. De repente, mais bonita; cada vez mais bonita. Tudo nela me parece distinto. É alguém que beberica o seu chá e comenta onde vai, por que está ali, o que a espera. É alguém com um propósito. Sim, como é que não vi isto nela antes? Como ela encaixa bem naquilo que é.

Passada uma hora a loura acena ao empregado de mesa. Pagam, levantam-se para outro abraço prolongado, despedem-se. A loura olha várias vezes para trás, comovida ao ver a minha mulher afastar-se pelo mesmo caminho de onde a viu surgir, o que a conduz de volta a casa. Eu faço o mesmo.

Ao jantar, Thomas quer saber por que estou tão calada. Invento uma desculpa. Faço-lhe perguntas para que trate ele da conversação, sem ouvir o que responde. Na minha mente encaixam-se peças impertinentes de um puzzle em que desvendo facilmente a identidade do pai daquele filho: pois não há outro motivo para esta mulher me ter enfeitiçado desta forma. Mas por que não está ele junto dela? Onde foi? Quando volta?

De manhã, antes de sair, Thomas diz que está a pensar convidar dois casais amigos para jantar connosco. A minha cara de susto prende-se não com o trabalho que isso dará, mas com o multiplicado custo dos ingredientes.

— Chego mais cedo para te ajudar a cozinhar. Fazemos tudo juntos.

E deixa uma nota de cem euros sobre a bancada. Decido logo ali que irei sentar-me na esplanada do café em vez de no muro musgoso.

A mulher sai ao final da manhã, maquilhada, de vestido comprido e sapatos de saltos pontiagudos. Dirige-se diretamente para o banco de trás de um veículo de estilo executivo, metalizado, parado próximo da sua porta. Agarro nas folhas soltas dispostas sobre a mesa e apresso-me na direção do carro. Corro. Com cem euros no bolso (agora noventa e seis) posso chamar um táxi, mas sinto-me mal por usar assim a quantia que Thomas me deu para o jantar. Fico a ver o veículo afastar-se, com uma penosa convicção de que vai ao encontro dele. Não passa outro táxi.

Volto para a minha morada a pé, não sem antes descer a ladeira íngreme e sucumbir a um longo e meditabundo tempo em frente ao mar.

Nessa tarde, Thomas chega a casa pontualíssimo mas transtornado.

— O meu amigo Tarik disse-me que estiveste lá, no bar dele, com uma foto de um homem. O que se passa? Andas à procura de alguém?

— Como é que o teu amigo Tarik sabe que era eu?

— Fiz-te uma pergunta.

— Andas a seguir-me? Que tipo de cena é esta, Thomas?

— Não te exaltes. Não te ando a seguir. Encontrei um amigo que nos tinha visto juntos, outro dia, no concerto dos Lo Còr de la Plana... Por favor, não fiques assim... Ele deve ter-te confundido e achado que tu eras a mesma mulher que apareceu no bar dele com uma foto de um homem, a perguntar se alguém o conhecia, foi só isso. É um equívoco. Desculpa...

Ocorre-me abrir ali o jogo. Contar-lhe tudo. Mas há linguado fresco no frigorífico e vinho branco no gelo: quero a ilusão de estarmos juntos num jantar com casais amigos. Aceito as desculpas, comprometendo-me comigo a, na manhã seguinte, sem falta, lhe contar a verdade. Vamos cozinhar. Thomas conta-me peripécias do trabalho. Faz-me rir. Despeço-me da sensação amena de poder pertencer a esta cidade, a esta casa; à espera de saber como este homem passou o dia.

Quando acordo, com uma dor de cabeça de pregar a testa ao chão, Thomas já saiu para trabalhar. Um pequeno-almoço completo ficou disposto para mim na mesa da cozinha. Apercebo-me de que é quase meio-dia e frustra-me perder uma manhã da mulher, potencialmente perdê-la o dia inteiro. Arrasto-me até Endoume. Sentada no muro, mal podendo abrir os olhos, recordo o transtorno de Thomas no dia anterior. Afundo-me em remorsos por não ter sido franca com ele.

Sentada num muro frio e húmido, diante de uma moradia rica: olho para a casa dela, para a vida dela. Noutra rua, não muito distante, acalento uma rotina que não me pertence, como se tomasse emprestada a vida dos outros. A vida dos outros, a vida dos outros. Parece que a vida é sempre dos outros e nenhuma destas moradas a minha. Uma senhora senta-se a meu lado e pergunta se me sinto bem, tão sonoras devem ser as lágrimas. Tento explicar-lhe, subitamente sem francês. Digo-lhe frases em castelhano, o nome dele, mostro--lhe o retrato. Ela abraça-me. *Oublie ça.*

Decido voltar para casa e ver online os bilhetes do primeiro comboio para Berlim, ou do mais barato. Levada na direção contrária, deslizo pela encosta e dou comigo uma vez mais em frente ao mar. Sento-me num dos bancos polidos na rocha ao longo do caminho pedonal por onde velhos e novos se passeiam e se exercitam em diferentes modalidades. Repouso a atenção na linha do horizonte. O sol encontra o meu corpo encasacado e doído. Pendulo com as ondas. Renovo o olhar noutra direção. Vejo-o. É ele.

É ele, é ele, é ele.

A inconfundível silhueta, o andar equídeo. A seu lado, uma mulher — a minha mulher. Surgem ao fundo de um pontão recortado da falésia que dista uma centena de metros de mim. Distingo um vestido bege e as botas altas que usou no outro dia. Com as cores esmaecidas pelo entardecer, não posso asseverar da tez índica da sua pele. Guardam uma distância solene, como se não fossem amantes.

Levanto-me. Caminho na direção deles, primeiro rápido; depois, subitamente assustada, abrando. A neblina adensa-se. Ao circundar o pontão perco-os no ângulo da curva. Vejo que se despediram na bifurcação. Ele segue pelo paredão em marcha vigorosa, ela pelo túnel de regresso à rua principal.

A cadência do caminhar dele solta em mim umas saudades nefastas de ser eu quem caminha a seu lado. Esqueço tudo o que planeei dizer-lhe, apetece-me só correr e abraçá-lo.

A minha mulher acaba de desaparecer ao fundo do túnel onde recomeça a cidade. Não sei se em algum momento hesito: escolho segui-la.

Deitadas na areia, Teresa e eu, demo-nos conta de que a partilha se tinha alargado aos chapéus-de-sol contíguos e que reuníramos um pequeno quorum de veraneantes atentos. Numa troca de olhares, decidimos trocar a toalha por uma cadeira reclinável de lona do bar da praia. Pedimos uma limonada e uma caipirinha, ambas servidas com demasiado gelo. Aproveitei este parêntesis para evocar Berlim, para onde regressei vinda de Marselha, e onde sabia que Teresa estagiara seis meses ao terminar a licenciatura. Senti que tinha monopolizado o último troço da conversa e coloquei uma série de questões que nos permitissem comparar moradas, rotinas e itinerários berlinenses. Que permitissem a ela falar. Mas Teresa tinha perguntas sobre Marselha, sobre o que acabara de ouvir, e foi sucinta ao máximo a descrever Berlim como uma experiência expansiva, e o quanto lhe tinha dado a exultação de identidades. Haver tantas cidades numa cidade, tantas camadas, tantos pátios interiores onde encontrar o possível e o seu avesso. De facto, tinha sido assim, para nós duas como para a maioria dos estagiários, bolseiros, forasteiros, aventureiros de um modo geral. O erro — confessei eu, ressentida — é ficar.

Em Berlim, vinda de Marselha, considero que não posso regressar com um simples relato de vaguear por ruas. Tão-pouco quero falar de uma mulher grávida que me parecia cada dia mais bonita. Ou de me ter convencido de que ela carregava o filho dele. Ali tinha um público, diminuto que fosse, de amigos próximos que alimentavam expectativas legítimas em relação a este desenlace. Anseios que eu tinha alimentado com uma caterva de histórias prévias, fatalmente inconclusivas.

Resolvo contar uma versão distinta a cada amigo. De facto, a qualquer um que se predisponha a ouvir. Quanto mais possibilidades consigo gerar daquela experiência limitada, mais reconfortada me sinto. Marselha ganha matizes e contrastes, empresto vivacidade àquelas semanas; crio personagens e atribuo-lhes idiossincrasias. Solto-me do magma das diferentes versões assim que as conto.

Recordo uma em que teria reconhecido o irmão mais velho dele pela fisionomia, o inconfundível nariz adunco, e o tinha seguido. Noutra, avistei-o num concerto, a tocar tuba numa fanfarra. Infiltrei-me nos bastidores, fui barrada por seguranças. A mais elaborada talvez tenha sido aquela em que uma mulher me teria abordado num café e se teria apresentado como sendo amiga próxima dele. Ela tinha uma fotografia minha na carteira. Numa esplanada com vista para o mar, teria descrito uma aventura incrível que determinava o motivo pelo qual, contravontade, ele não me poderia de forma alguma voltar a ver.

As histórias complementam-se. Os espaços vazios de uma são colmatados por outra. As versões, por acumulação, reconciliam-me com a viagem. Marselha é agora uma latitude possível para o meu imaginário, dos meus afectos: como o nome de uma filha que nunca chegarei a ter.

Os amigos cruzam informação entre si. Sentem-se confusos e magoados. Ainda assim tomam a decisão amorosa: convocam-me e pedem que me sente num sofá cor de mostarda — como esquecer? —, e cada um — Mário, Barbara e Aurélie — à vez, à minha frente, conta aos outros a versão que conhece, desde uma feira do livro em Buenos Aires. As variantes são amplamente díspares.

É um dos piores momentos da minha vida. Podemos virar-nos contra nós próprios em diversas gradações de desdoiro ou desvalor mas, naquele momento, sinto asco. Uma insuficiência tão arraigada que nem me permite defender-me. Ali sentada, tenho de novo seis anos e estou a ser desmascarada diante de todos os meus colegas pelas confabulações constantes. A professora crê que me está a dedicar uma importante lição moral e uma distinção essencial para a vida: entre o bem e o mal, o certo e o errado, o verdadeiro e o falso; mas o que de facto consegue é cravar em mim uma mácula que me fará sentir torpe em relação ao que mais profusamente irei fazer: inventar.

Posso pedir desculpas mas não seriam sinceras. Prometer nunca mais seria romper o voto no dia seguinte. Teria de saber explicar o que nem eu compreendia: de que forma a descrição deste homem se desdobrara em possibilidades e, com o tempo, o original deixara de estar acessível. Queria saber explicar aos meus amigos que se todas as variantes pudessem ser um bocadinho verdade, nenhuma seria a verdadeira, e o que de facto aconteceu perderia poder sobre mim.

É tanto o que Berlim daqueles anos proporciona quanto o que tolhe. Com periodicidade ameaço abandonar mas nunca o faço. Tenho ali os amigos cuja mera atenção me enraíza e, mais pragmático, uma bolsa de doutoramento que me sustenta. E nenhuma ideia do que fazer depois disso. Para onde ir.

A maior parte das aulas são em alemão, que não domino. Ainda assim, são preferíveis às lecionadas no inglês macarrónico dos professores alemães. Não é só a língua que me exclui: referem-se autores nacionais, húngaros, austríacos, polacos, suíços, romenos; nenhum que me seja familiar. Assombra-me quão francófona acabara por ser a minha formação e desanima-me a parcialidade do saber. É uma decepção que os pensadores sejam quase exclusivamente homens, do norte e centro da Europa, e que não estudemos o pensamento oriental, africano, aborígene, eu sei lá, nem sequer os mencionemos. Certo dia, acampo com todas estas ânsias junto do gabinete do professor Klein, que leciona uma das cadeiras nucleares do primeiro semestre, *Kulturwissenschaft*, Estudos Culturais. Adoro as aulas dele. Os meus colegas acham-no pedante e hermético mas eu agarro-me aos poucos trechos que traduzo, radiantes aforismos. Plantada à sua porta, vê-se intimado a deixar-me entrar. Ouve-me com um sorriso condescendente e só me interrompe para perguntar:

— Está nesse estado só porque não leu os alemães?

Digo-lhe que compreendo que as suas aulas se dirigem a alunos germânicos com uma certa formação prévia, que leram Weber, Warburg, Panofsky, Lukács e a Escola de Frankfurt. E os alunos que chegam de outras latitudes académicas? Será possível um idioma comum? Klein não parece indiferente à minha angústia e é então que me coloca a mais pindárica questão de todos os meus estudos superiores:

— De onde você vem como é que se pensa?

Quiçá tenha sido um erro de tradução, o seu inglês não é genial. *Where you come from how does one think?*, disse ele. Demoro a responder por não estar certa de ter percebido a pergunta mas sobretudo porque me ponho a pensar como um lugar nos forma, enforma e informa. Que não é tão disparatado pensar em cada indivíduo como o resultado de uma série de coordenadas geográficas; pontos num mapa emocional, tanto quanto intelectual. Que sim!, faz sentido chamar a um filho Paris ou a uma filha Havana. Nomes, é isso o que ele quer! Digo Deleuze, Foucault, Lévi-Strauss, Saussurre, Derrida — é assim que se pensa de onde eu venho. Um "ah!" aliviado quando digo: *Kant, natürlich*. Arendt e Benjamin entre currículos. Digo outros nomes, recuo aos gregos, ponho-me a pensar que em vez de Roma uma primeira filha deveria chamar-se Atenas, Olímpia, ou mesmo Babilónia, Tebas, Ishtar, Tenochtitlán. Klein interrompe. Sem menosprezar a minha preparação, acrescenta que não me fará mal nenhum pôr-me a ler outros autores.

— Está na Alemanha, leia os alemães!

É uma lógica imbatível. Pergunto-lhe, a medo:

— Por onde começar?

— Vai começar e acabar em Habermas — uma breve pausa e acrescenta: — E nem pense em ter filhos.

Antes de partir para a Argentina tinha vivido em Berlim dois anos, em Prenzlauer Berg, mas neste regresso sinto-me a chegar pela primeira vez. Encontro casa num bairro muito diferente, Friedrichshain, com uma atmosfera própria e outro código de circulação. As pessoas com quem convivia antes de partir voltaram para os seus países ou continuaram viajando numa sucessão de bolsas, residências, projetos.

Tenho de procurar novas amizades. É muito fácil fazer amigos em Berlim, dificílimo mantê-los. Trata-se de uma cidade-fluxo, um arrepio que percorre em simultâneo as várias vias do hedonismo, do desejo, da torrente, do imediato. Tudo a querer colocar o prefixo *poli* a fenómenos intrinsecamente unos. Passarei os anos seguintes assim, a jogar ao *poli-uno*.

Ainda assim, participo de uma comunidade dispersa. Somos uma mescla característica: um islandês, vários chilenos, espanhóis, uma suíça, uma italiana, britânicos. Alguns alemães, regra geral vindos de outras partes da Alemanha. O nativo berlinense é raro. Estamos perto dos trinta ou, pelo menos, sentimos que são aqueles os últimos anos das nossas vidas para nos esgueirarmos sem ridículo à idade adulta. Mas é o que ambicionamos: a maturidade artística, o reconhecimento, encontrar a nossa tribo, viver da criação. Quem não faz arte, faz da vida a sua arte. Tudo vale, todos contam. Berlim permite-nos prescindir dos rótulos, de ter que mostrar resultados, de provar algo a alguém — mas o mercado não. Falta-nos entender que esse cruzamento de expectativas é a receita fatal para as nossas neuroses.

Contra a sensação de crise instalada, a amizade é vivida com um fulgor adolescente que quase compensa o frio e a ausência permanente do sol.

Numa pequena cozinha de um apartamento partilhado na Gneisenaustraße, em Kreuzberg, há um afluxo regular de portugueses. A vizinha do lado, alemã, aparece à porta a pedir sal (ou um condimento tão presente na amálgama gastronómica berlinense, Dill, que eu tenho sempre de ir ver ao tradutor para me lembrar que se traduz por "aneto" ou "endro") e acaba por se sentar connosco. Ri-se do nosso espírito gregário e chama-nos *die portugiesische Enklave*. Reclamamos. É certo que se fala português, mestiçado e corrompido, mas pouco se debate Portugal. Somos ubíquos, além-fronteira, uma das primeiras gerações cibernéticas. Éramos miúdos à entrada de Portugal na CEE, atingimos a maioridade com a viragem sincrónica do século e do milénio e quisemos ser do mundo: fomos bolseiros dos programas Erasmus, Leonardo, InovArte, SVE. Fizemos au-pair e interrail. Desfrutámos de mobilidade facilitada como nenhuma geração antes, viajámos em compartimentos mínimos, dormimos em tendas na praia e na garagem de alguém, surfámos sofás gratuitos e as nossas emissões de carbono nunca nos perdoarão os anos passados a abusar dos voos low-cost. Mantemos amantes em capitais vizinhas, romances sazonais vividos em fins de semana pendulares. Amamos em várias línguas.

Muitos escolhem Berlim por estar no centro dos sítios onde querem ir. É como tentar chamar casa a uma enorme gare onde há sempre alguém de mochila às costas e só há dois tipos de amigos: aqueles que acabaram de chegar e os que estão prestes a partir — que se revezam constantemente. Afinal, tinha escolhido viver num aeroporto; mas só me dei conta disso quando de facto montei acampamento na imensidão de Tempelhof.

Construído durante o regime nazi, em parte com uso de mão de obra escravizada, Berlim-Tempelhof tinha sido outrora um dos três grandes aeroportos da cidade. Abandonado ao longo de uma década, vários foram os planos para beneficiar daquela situação privilegiada no mapa. Em 2009 é anunciada a capitalização dos terrenos através da construção de condomínios de luxo privados. Os berlinenses reagem: "Tempelhof é nosso!" — traduzo eu num dos muitos cartazes nas muitas manifestações contra a sua privatização. Um senhor de idade que caminha a meu lado na marcha reivindicativa explica com um acentuado sotaque bávaro que Tempelhof foi "aquele que salvou Berlim" ao ter servido de abrigo durante a Segunda Guerra Mundial e depois por ali ter chegado o alimento que manteve o quinhão ocidental da população que resistia à ocupação soviética. "Não importa quem o construiu, o que importa é como ele veio a ser usado ao longo dos anos, ao serviço dos berlinenses".

Junto a minha voz ao protesto. Brado palavras de ordem em alemão. Sinto pela primeira vez o quanto uma cidade é de quem a habita e dela usufrui. Amo Berlim como se fosse minha. E ganhamos. Ganham as pessoas. Por uma vez na vida, perde o grande capital. É inaugurado com júbilo o Tempelhofer Feld, o maior parque público da urbe já tão frondosa.

Sem grupos como o meu, seria facilmente triste. Fazemos morada daquele despojamento onde se afoga no céu uma ou outra árvore, isolada, na borda de compridas pistas de aterragem com o asfalto corroído pelas intempéries e a falta de uso. Eu corro pelo perímetro ou leio numa manta sobre a relva. Começamos uma horta, organizamos piqueniques, aulas de ioga, reunimos para debater uma série de ideias informes a que chamamos trabalho. Partilho um texto em curso, outros uma canção nova.

Tempelhof é perfeito para as nossas partilhas de amor e desamor. Os mínimos insucessos são vividos com intensidade e as ocasionais conquistas dão-nos razão de ser. E eu, ali, a debater a nossa salvação ou derrota, assisto em boa companhia à descolagem dos meus muitos aviões imaginários.

Até conseguir uma bolsa de estudos, aguento as contas com uma errância de trabalhos esporádicos: sirvo à mesa nos cafés de Prenzlauer Berg onde ao sábado e domingo jovens famílias dignas de catálogos de revista saem para conviver; trabalho na bilheteira de um pequeno teatro de expats anglófonos, em Neukölln, onde também me compete varrer e limpar o palco, camarins e sanitários; e esporadicamente no bengaleiro de um clube noturno, em Wedding. Este é irregular, fisicamente árduo e acontece noite adentro. Só saio na alvorada e leva-me vários dias a recuperar. Mas é também o mais bem pago e o melhor acompanhado: trabalho lado a lado com a minha amiga Petra.

Não é um bengaleiro qualquer. Com temperaturas negativas lá fora, temos de zelar, num espaço acanhado, por toda a roupa dos clientes. Toda. É um clube de sexo e o dress-code é nudez integral. Petra leva a tarefa a sério. Criou um complexo sistema de etiquetas e divisórias para evitar o pior: confundir a roupa interior de dois clientes, por exemplo. Petra só me chama para as festas maiores, que são regra geral as de strap-on. Numa curta respiração entre tarefas, diz o quanto gosta de me ter ali. Estranho, porque entre receber clientes, acartar com vários quilos de roupa e etiquetá-la, mal conseguimos conversar. Calculo que goste que eu esteja para se permitir circular pelo salão. Quando regressa, encoraja-me a ir também, convite que declino das primeiras vezes.

— Não te preocupes, não se metem contigo. Vais ser a única pessoa vestida, perceberão que és staff. Vão pedir-te bebida e tu vais apontar para o balcão ou chamar um dos colegas das mesas. Vai!

Resolvo levar uma garrafa, assim ninguém me abordará, pois irão entender que vou servir alguém. Funciona. Atravesso o espaço, uma e outra vez, e como não presencio nada que não tenha visto na vez anterior, ou na seguinte, quando também não irei avistar nada que me altere, volto para o meu posto. Um tanto ou quanto desconcertada. É um drama que me é familiar por já ter trabalhado onde outros se divertem: olhá-los enquanto o fazem revela-se pouco divertido.

Mexe mais comigo assistir ao que tem lugar na antecâmara do bengaleiro, onde os clientes se despem, ainda estremunhados, alguns receosos, excitados, cada nervo ou sentido em antecipação. Parece-me tudo mais vivo. Dedico-me a reconhecer os devassos, os espíritos livres, os que chegam ao engano, quem vem pela primeira vez, quem é regular, quem mascara a inquietação sob um aparente à-vontade. Estudo as gradações do riso, do nervoso ao debochado.

Uma vez lá dentro, as opções tornam-se previsíveis e óbvias. Os olhares, as abordagens, os objetivos. Os corpos nus e os seus desenhos e composições, do frágil ao grotesco; e muitas, muitas pilas. Pilas cor-de-rosa, negras, fluorescentes, lubrificadas, duplas, triplas e em todos os tamanhos. Pilas com motor, com vibrador, com insondáveis protuberâncias. Pilas amarradas à anca de homens e de mulheres, à coxa, aos bíceps, à testa. Pila-unicórnio, pila-antena, pila-joelheira. Pilas penduradas dos candeeiros baixos que compõem a luz intimista. Pilas a fazer de cauda de quem serve à mesa.

Regresso ao bengaleiro fintando corpos brilhantes de suor, sujos pelo resultado daquele desporto, os cheiros íntimos confundidos entre si. Uma mão imobiliza-me pela canela, quase tropeço. É um homem deitado no chão, de barriga para cima, o rosto encharcado. Diz, com os braços esticados, mendicantes:

— Hey, essa garrafa!

Falta-me aprender a mentir em alemão, saber dizer: "É para outro cliente". Digo: "*Es ist leer!*". É expressivo que noutra língua a verdade surja primeiro: *"Está vazia"*. A sua expressão abre-se num sorriso salaz e ele brada:

— Melhor ainda!

Agarra-se à minha coxa até eu perder o equilíbrio e cair sobre ele. Sobre eles.

Depois tenho pesadelos. Acontece fatalmente a seguir a ter estado com Petra no bengaleiro. É sempre o mesmo sonho. Acontece num espaço de características similares ao clube, uma antiga estrutura industrial recuperada, com as paredes em tijolo burro, aberturas de luz no teto e amplas áreas. O chão está coberto por linóleo preto fixado com fita-cola grossa ao longo das margens. Bolas de espelho suspensas e possantes holofotes, desligados, porque a atmosfera das festas de strap-on resulta de uma constelação de luzes térreas e tiras LED que desenham os contornos do balcão e das portas para as salas privadas. Os corpos estirados sobre colchões, mantas felpudas e canapés forrados. Tabuleiros circulam carregados de copinhos de cocktail multicolor e a característica azeitoninha espetada por um palito.

Neste sonho, porém, não há uma única pila, pelo menos não protésica. Em lugar da floresta fálica, cada strap-on engendra uma barriga. Homens e mulheres exibem ventres em diferentes estádios de gravidez. Protagonizam o sonho pessoas da minha vida presente e passada. O meu treinador em adolescente está grávido, a melhor amiga da secundária, o apresentador do telejornal da noite e aquele rapaz ruivo no comboio da linha de Cascais a quem nunca perguntei o nome. Grávidos, todos.

Alguém filma. Alguém me filma, de pé, a conter o pânico. A câmara persegue-me, eu tento escapar mas esbarro em barrigas. O homem detrás da máquina de filmar faz-me perguntas. Fujo, mais barrigas. Barrigas que se roçam noutras barrigas. Mãos que as acariciam. O suor a escorrer-me pela testa e a pulsação a disparar. Incapaz de olhar e de ignorar. A ferir-me e a nutrir-me com aquela imagem. Quero acordar mas não consigo.

Escapulo-me para uma sala privada onde uma vintena de mulheres nuas realizam um ritual em círculo. Aqui não há cintas nem barrigas falsas. Partilho a alegria, é uma celebração. Vinte braços nus preparam-se para erguer os copos de cocktail num brinde. Passam-me um copo, reparo: afinal não se trata de uma azeitoninha atravessada por um palito; o que cada um dos copos contém é uma forma circular ou oval, na realidade, um embrião, por vezes num minúsculo feto.

Alteiam e fazem tilintar os cocktails de formaldeído. Num gesto atroz mas seguro, tragam o embrião com o restante líquido. Erguem os copos vazios. Exultam, boçais. Lágrimas de formol escorrem das suas bocas abertas, ávidas. Ao centro do círculo aparece um caixão com a forma de um enorme corpo nu de mulher, que se divide em dois como num truque reles de mágico de circo. O interior do caixão-corpo é azul e aveludado. Está cheio de bebés.

Não largo a cama. Sou o leão e a jaula. Sou o inverno de Berlim. Afundo-me no colchão como as galochas na neve. Continuo a descer, a submergir no branco, até me aninhar onde está escuro. Os meses passam. O telefone toca: será algum amigo atento ao calendário que escapa sem que eu saia à rua. O telefone toca, não me mexo.

Um telefone toca dentro de um sonho e ninguém atende. Não sei se durmo ou aguardo a noite. Lá fora neva, chove, o vento ruge, um raio de sol fura a espessa vontade das nuvens só para ser devorado. Noite outra vez. Não participarei.

Rasgo o escuro perene do quarto com uma luz de presença. Abro um livro. Leio três palavras. Esqueço-as de imediato. Outro dia. Tento de novo. Viro a página, leio quatro palavras: *noite negra da alma*, desligo a luz. Amanhã, quem sabe, lerei cinco palavras.

Desisto até dos livros.

Falho mais uns quantos dias e cedo em definitivo.

Intuo então um poder: os limites de qualquer quarto escuro são do tamanho da imaginação. Na bruma, sou eu quem tem a última palavra. Não a escrevo, não vejo porquê. Basta-me que exista.

Basta imaginar que.

E estou salva.

— Espera. Esses anos todos em Berlim e ele nunca te veio ver?

Tinha conseguido preencher a tarde toda com as minhas histórias e Teresa ainda ouvia, sem desistir de encontrar quaisquer duas peças que encaixassem. Não evitava opinar:

— Baby, perdoa-me a franqueza, mas esse tipo é um crápula. Desapareceu, assim? Não escreveu um mail, uma carta, nada? Como é que consegues andar a bancar a guia turística?!

— Se tu tens tantas perguntas, imagina eu.

O carro estava longe, agora isolado numa falsa segunda fila de estacionamento onde tinham vagado todos os lugares em volta. Abrimos as portas para que o tomasse a aragem inexistente naquele fim de tarde. Ou início da noite. Bebemos o sobejo de água já morna do cantil da Teresa. Vi no rosto da minha amiga o esforço de processar tudo o que tinha estado a ouvir. Reconheci nela a minha expressão dos últimos anos. Ensimesmada. O regresso à margem norte foi feito em silêncio. Tinha deixado sem palavras a minha amiga mais articulada. Quando finalmente encostámos o carro, à porta de minha casa, ela disse pouco, mas disse-o de forma peremptória. Que iríamos, ela e eu, fazer programas todos os dias nos próximos dias. Que eu tinha de parar de te ver. Que não importa mais o que aconteceu, importa apenas evitar que volte a acontecer.

Quando reentrei em casa e pousei no chão tudo o que carregava, não me senti mais leve. Percebi que não cheguei a contar à Teresa como finalmente consegui abandonar Berlim.

Concluo a tese de doutoramento a custo. Demoro muito mais do que os colegas com quem troquei resumos, naquele primeiro semestre, quando fomos alunos do professor Klein. O complexo universitário é tão extenso e os cursos tão modulares que eu e ele nunca mais nos cruzámos. No entanto, Klein comparece por iniciativa própria à minha defesa da tese. No que me parece ser uma quebra de protocolo, pede a palavra. Tece pertinentes considerações sobre o meu texto e os meus métodos e claramente influencia os decisores na excelente nota final que me é atribuída. Ao vê-lo abandonar o anfiteatro, corcunda e encanecido, apercebo-me dos anos que nos separam daquela conversa no seu gabinete. *De onde você vem como é que se pensa?* Eu amadureci, ele envelheceu.

Tentei ir ler alguns dos autores que recomendou, através dos quais descobri outros. Armazenei ideias, aprendi conceitos, repeti raciocínios. Esqueci tudo, parte essencial da aprendizagem. Das aulas de Klein e dos brilhantes aforismos que veementemente anotei em cadernos que não voltei a abrir, retive isto: ler Habermas e não ter filhos.

DIA 6

No ano que vivo em Buenos Aires não nasce ninguém. É quando regresso que sou bafejada por sucessivas notícias de amigas que são agora mães, de amigos que são agora pais; de pequenas pessoas que vêm ao mundo com nomes escolhidos por elas e por eles. Nasce o Tomás, filho da Vera que nadou comigo nas piscinas do Restelo e que punha a equipa a rir com as suas momices; e a Olívia, filha da Carla, uma amiga de infância. Meses depois nasce o Afonso, filho do Paulo, com quem apanhei a minha primeira bebedeira, apesar da sensação de ter sido ela a apanhar-me. No verão seguinte, nascem os gémeos do outro Paulo, que hoje gere um pequeno império de call-centers mas que, na minha memória, será sempre um miúdo franzino a colecionar galhos na praceta. Depois, a Patrícia, cansada da monogamia em série e terminada mais uma relação, resolve ser mãe solteira. Escreve um longo e-mail aos mais próximos e pouco depois nasce a Helena, a miúda com mais *tios* e *tias* do bairro. O Vasco e o Rodolfo concretizam o sonho de ser pais com a ajuda de uma amiga e chega outro Tomás. A Irina e o Ricardo têm o Sebastião; a Mónica e o Gonçalo, o Lucas. A Raquel e o Pedro, que tinham passado um mês na minha casa em Berlim com a Mónica ainda bebé, têm uma segunda filha e chamam-lhe Joana.

Um por um, os amigos de Berlim caem também. Talvez tivesse acreditado que aquelas ruas fossem permanecer um reduto, que nenhum de nós fosse ceder. Crescer. Uma prolongada vernissage a ir noite adentro e vida afora. Caem pessoas com quem cresci, que não nasceram prontas para ser pais. Rapazes cuja ideia de felicidade era dar pontapés em jornais embolados com fita-cola. Raparigas que tinham sido meninas comigo; inocentes e medrosas, ou destemidas. Se as seguisse, estaria a ir atrás delas ou de mim?

Olhando-as, vejo as miúdas de outrora. Ainda são manifestamente as minhas amigas mas agora escondem — ou melhor, revelam — uma faceta desconhecida. Ser mãe altera-as. Tornam-se indisponíveis; também vigorosas e cheias de energia. Passam a preferir programas com outros pais, um certo tipo de atividades — diurnas —, e a mostrar desinteresse por debates especulativos. Os meus dilemas soam frívolos perante o pragmatismo dos seus quotidianos. Emana delas um apaziguamento que me é alheio. O brilho puerperal que tomam aos filhos encandeia tecidos pendidos, corpos arredondados, a pele ressentida pela falta de sono. Estão mais bonitas. Parecem simultaneamente mais vivas que eu e mais perto da morte.

Chega a vez da Laura, que conheço desde os quinze anos. É das poucas de quem tinha ouvido uma hipótese distanciadora: "Era na boa não ser mãe, 'tas a ver? Se, tipo, nunca acontecesse..."; malgrado o tom displicente com que tenta encobrir uma confusão similar à minha. Só se permitiu outro ónus ao sentir que eu não devolveria o costumeiro olhar reprovador ou o chorrilho de questões que equivalem todas a um, "como pensas então justificar a tua existência?".

Em 2014, pouco antes do Natal, Laura convida-me para um café em que me revela que está grávida. Com um guloso cappuccino a esfriar diante de si, fala sem pausas, como se alguma vez tivéssemos feito um pacto de nos ampararmos na não maternidade. Explica que a relação pede, que é "orgânico, natural, inevitável".

— Se analisas muito, bloqueias. Sabes, o truque é não pensar.

Apetece perguntar se é para emoldurar e fazer disso mote — *o truque é não pensar* — mas não quero macular a sua alegria. É notória. A felicidade. O medo. Estendo a mão sobre a dela: "Que bom".

— Repara: vou sair disto mais madura. Vou conhecer a vida de uma perspetiva que nenhuma outra experiência permite. É certo que assusta mas vai ser tão avassalador que nem vou ter oportunidade de me arrepender. Vai ser maior que tudo. Muda o paradigma, percebes?

Diz isto sem respirar. E precisa de se repetir:

— Sabes que o cérebro das mulheres grávidas muda? Ouvi num podcast que há duas alturas em que o cérebro de uma mulher apaga sinapses e constrói novas, é na adolescência e quando está grávida, quer dizer, depois de ter um filho. Muda-te a cabeça, literalmente.

Eu rio:

— Uma lobotomia também.

— Lá estás tu! — E só nestes momentos me apercebo de que o meu não querer pode ser agora mais evidente.

Vejo surgir os grilhões: ela a descrever a armadilha com palavras melíferas; a predispor-se a gostar da armadilha: "Vou ser a pessoa mais importante de alguém e isso nunca poderá mudar!". Ela a convencer-se, mas não a mim.

Depois de o António nascer, vou vê-los ao primeiro ensejo. O pai está ausente em trabalho e a Laura encontro-a descuidada, com a pele macilenta e olheiras; mas vivaz e estranhamente alterada.

— Vieste na hora certa, ele adormeceu.

Descalço-me e sigo-a em pontas de pés, imprecando os estalidos da madeira. Felizmente abraçar é mudo. Sussurro novidades sumárias de quem não se tem visto. Irrompe o choro do bebé vindo do fundo de um longo corredor. É impressionante a força com que chega, considerando que estamos no extremo oposto da casa. Laura some-se num ápice. Fico ali, sozinha, a afagar o sofá de pergamoide e a tentar abstrair-me do berreiro. Esta divisão incorpora sala de jantar e de estar e, pela papelada sobre a mesa, escritório. Foi composta sem fausto mas também sem aqueles móveis de gosto genérico que se encontram hoje em qualquer casa. As compridas estantes foram feitas à medida. O aparador de madeira pode ter sido herdado. Os candeeiros de cerâmica trouxeram-no de alguma viagem. Marrocos, diria. Reparo num relógio de corda antigo que, não obstante atrasado, trabalha: quanto pode Laura demorar? Levanto-me. Sinto-me desamparada.

Ela regressa antes de me decidir a ir ter com eles. Com o bebé ao colo, ambos os rostos cravados de lágrimas.

— É assim a noite inteira. Todas as noites. Estou tão cansada.

Quero muito não ter de estar ali naquele momento. Soa a campainha. O som silencia o bebé.

— São as compras. Olhas por ele um segundo?

Passa-mo. As tréguas duram os instantes necessários para o pequeno António perceber se pode confiar no colo desconhecido. A rejeição vem num brado que me parece ainda mais pujante que os anteriores. Sinto o frémito daquele corpo mínimo junto do meu. Como pode produzir um bramido tão temível? Imito os movimentos da minha amiga, relentados pela insegurança. Acalmo-me, na tentativa de que o meu colo quiescente o tome e o envolva; que o obrigue a pacificar. O seu choro só ganha fúria.

Laura tira-mo dos braços. Desaparece com ele corredor fora, mas o choro não. Para me recompor, agarro nos sacos das compras deixados à entrada e carrego-os, em levas, para a cozinha. Começo por pôr os perecíveis no frigorífico. Tento decifrar a lógica implícita que organiza cada casa, cada cozinha. Descubro ou improviso onde guardar os cereais, os frutos secos, os legumes, as papas, o papel higiénico, os pacotes de leite, as muitas fraldas, duas garrafas de vinho, mais fraldas; cotonetes, algodão, compressas esterilizadas, pó de talco, várias bisnagas de halibut, toalhetes húmidos, paninhos vários, creme infantil, loção infantil, tudo infantil. As minhas mãos ainda tremem. O António ainda chora.

Decido ir embora. O que presenciei é íntimo, não me diz respeito e, ainda assim, põe-me em causa. Agarro nas minhas coisas. Fico em pé, colada à porta, à espera. Quando Laura volta, trá-lo ao colo, já só mimoso e flente, aninhado no pescoço dela, a mão pequenina enrolada numa mecha do cabelo da mãe.

— Já vais?! — pergunta, aturdida, os olhos muito abertos.

Tenho o casaco vestido, calço-me e seguro o trinco da porta. Desculpo-me, saio. A cada lanço de escada me sinto pior. Que atitude péssima. Mas não consigo voltar atrás nem lhe conseguirei dizer nada durante muito tempo.

É por esta altura que o famigerado "então e tu" muda de direção. Deixa de ser apenas uma indagação com raiz na curiosidade alheia e torna-se âmago: Então e eu? O que fazer quando passaste os trinta e em redor não fazem senão ter filhos?

Lembro-me de ter vinte anos, vinte e pouco, e estar num dos quartinhos alugados que pautaram aquela época, onde não havia mais que um colchão sem estrado, uma luz de presença, um charriô com roupa e livros empilhados no chão. Leio *A room of one's own*, de Virginia Woolf, apenas interrompida pelas mensagens de uma amiga necessitada de companhia para ir já não sei onde. Respondo que não posso. Ela quer o motivo. Eu dou: estou a ler. Nesta altura as SMS eram pagas à unidade e caras — para nós, jovens estudantes. Mesmo assim, dá-se ao trabalho de me enviar uma série delas, detalhando o egoísmo da minha escolha.

O ensaio de Woolf pareceu-me fantástico naquele momento, por ter sido escrito num tempo em que as mulheres mal tinham ganho o direito a votar e ainda não podiam ter propriedades ou enriquecer, e a autora já defender a importância de cada uma ter um espaço só para si (onde pensar, onde escrever) e autonomia financeira. Ressoa com os trabalhos precários que possibilitam aquele recanto. Releio as acusações da minha amiga. Com aquele texto ao colo é irresistível assumir uma certa estirpe de egoísmo como um apanágio do feminino. Quando se manifesta em homens é visto como expressão de autonomia, personalidade e força de carácter. Mulheres que sabem o que querem, que são ciosas do seu tempo e espaço e não abdicam deles facilmente, tendem a ser adjetivadas de egoístas ou autocentradas. O ensaio de Woolf predispunha-me para uma oposição que me duraria o resto da vida. Quando deixasse de ser sobre o tempo ou sobre o espaço, seria sobre o meu próprio corpo. A maternidade: como conseguir um quarto só para mim onde tomar esta decisão, sem pressão explícita ou implícita?

Até Virginia Woolf, aos vinte e nove anos, já com um prestigiado percurso literário, se caracteriza numa carta como um falhanço por não ter tido filhos: *"A failure — childless — insane too, no writer"*.

Será que Virginia aceitaria que a vida de Leonard, o companheiro, era de igual modo um fracasso por não ter sido pai?

Até na linguagem, repara: sou mãe ou não sou mãe. Sou mãe ou não mãe, para simplificar. Assumo uma identidade positiva ou a alternativa é um *não* ao centro do ser. Mas a linguagem pode mais que isso: posso ser casada ou não casada (*solteira, celibatária*), posso ser fiel ou não fiel (*infiel, promíscua, adúltera*), posso ter emprego ou não (*ociosa, desempregada*); posso ir votar ou não ir votar (*abster-me*); enfim, parece haver palavras para a maior parte das minhas escolhas mas também para as minhas recusas, exceto para a maternidade. A linguagem não contempla ainda a expectativa de uma rapariga em busca de uma identidade positiva que reflita a sua escolha. Ela tem de ser uma negação. Uma *não mãe*.

Recentemente fui almoçar com a Catarina, que é mãe, e das amigas que não falam disso como a derradeira experiência sacrossanta; nem como o cartão de acesso a um clube de onde serei barrada da menarca à menopausa. Reincido no tema da não maternidade e na dificuldade em lidar com o impositivo "então e tu?".

— Achas que por ter um filho me livro da coerção social constante?

— A ti com certeza não te perguntam "então e tu"...

— Não tens noção. Queria que me pagassem um almoço por cada vez que ouço... — Catarina a imitar vozes. — "Para quando o próximo?", "Então e o irmãozinho?", "Agora uma menina e faz o casalinho!". Ou o mais trágico: "Oh, não tem com quem brincar..."

Rimos, muito. Que pesadelo. Então nunca acaba. Paguei-lhe o almoço.

"Então e tu?", ouço pela enésima vez. Esforço um sorriso. Vale a pena ser franca com esta quase desconhecida num aniversário? O que ela espera é um *sim*, claro, eu também, para breve, está nos planos, uma questão de tempo, não vejo a hora. O meu *não*, eu não, para mim não, não quero, não faço tenção de, estou bem assim, iria impor entre nós um longo desconforto. Ela poderia sentir-se posta em causa, como se o meu *não* fosse um comentário ou crítica às suas opções de vida. Poderia reclamar uma narrativa de trauma ou incapacidade que servisse de justificação à minha falta de comparência.

A ninguém é pedido que justifique o seu querer, basta anunciá-lo ou aparecer — linda expressão — "de esperanças". Apenas para não querer é indispensável um bom motivo. Sendo que nenhum é bom o suficiente.

O egoísmo. De longe, a causa mais puída. Inúmeros estudos demonstram que, aos adultos que escolhem não ter filhos, se atribuem mais facilmente características como frieza emocional e egocentrismo. Sobretudo se forem mulheres. Parece não pesar que um casal ou indivíduo que não invista tempo, dinheiro e recursos num único projeto de pessoa está liberto para se dedicar a iniciativas e causas que sirvam a comunidade. Que esse investimento pode até ser lido como altruísmo.

Talvez seja a dicotomia que está errada. Em lugar do estéril debate de quem é detentor do monopólio do egoísmo, poderíamos debater o que é, para cada um e coletivamente, uma vida significativa. O que andamos aqui a fazer.

Ou a não fazer. Se fosse imperativo justificar as minhas opções de vida através de uma imperfeição moral, escolheria a preguiça. Esta sociedade até lida bem com os egoístas, confundem-se com os individualistas, mas mal com os preguiçosos — os amantes do descanso e da lentidão —, os contemplativos, os taciturnos, os nefelibatas.

A representação comum da mulher que não quer ser mãe é a de que é ambiciosa e focada na carreira. O oposto da preguiça, portanto. A ironia é que até este estereótipo representa uma conquista, pois só é possível graças à luta das gerações precedentes, que me permitem dar por garantida a ambição de trabalhar e de me realizar além do marido e dos filhos. Isso parece hoje ganho, e um ganho; mas só que não funciona em detrimento de, mas por acumulação. Podemos mas também *devemos* querer tudo: a profissão em que nos embrenhamos; família e prole numerosa, tanto quanto as amizades cultivadas com encontros regulares; e ainda salvaguardar o tempo para aquele jantar a dois e para o casal. A casa sempre tão impecável quanto o nosso visual e a nossa forma física; encontrar sossego para um mergulho interior. Meditar. Ah, e ainda as refeições atempadas; supervisionar os trabalhos de casa; não faltar à reunião de encarregados de educação; nem à de condomínio; nem à estreia de uma peça; nem à vernissage da exposição; nem ao slow-opening de um novo rooftop com vista sobre a cidade que adormece — mas nós não. Porque ainda falta um hobbie, talvez começar uma horta no terraço ou aprender uma língua; ler; estar a par das séries do momento e informada sobre o mundo; expressar opiniões fundamentadas, referenciadas; contribuir para uma causa social ou ambiental. Importantíssimo é não abrir mão daquela noitada só com amigas igualmente comprometidas com os outros e radicalmente independentes. O resultado não é ainda uma geração de mulheres livres mas de supermulheres. Conheço um punhado: guerreiras, maravilhosas, com um sorriso de olheira a olheira, cronicamente esgotadas.

Faltam os motivos herdados do namorado ambientalista, os que eu papagueava nos meus vinte e que entrementes ganharam substância, porque o mundo mudou, ou piorou. O que ele e os seus amigos excêntricos advogavam está agora na boca de muitos millennials: "Pôr filhos *neste mundo*, a sério?" A população em idade fértil — faixa etária que abandonarei em breve mas na qual me encontro — não atravessa um dia sem ouvir que o planeta está em colapso e em curso a sexta extinção em massa, a nossa. Com o agudizar da crise climática, pressupostos antinatalistas irão tornar-se mais frequentes, talvez até mais válidos. E são precisamente estes os argumentos com que me apetece responder à quase desconhecida que me confronta com mais um *Então e tu?* num aniversário — mas pessoas que falam do fim do mundo em festas tendem a ser impertinentes. Forço outro sorriso, na esperança de que não insista. Por sorte, algo que os miúdos pequenos fazem incrivelmente bem é interromper conversas dos adultos, e é isso que faz a filha dela. A pequenina anuncia com garbo um providencial cocó e desaparecem as duas ao fundo do corredor. De facto, não quero ter de lhe dizer que há previsões que sugerem que quando a sua petiza rechonchuda de louros cachos tiver apenas dez anos, um quarto dos insetos pode ter morrido; que na década seguinte a mesma quantidade de plantas e animais vertebrados estarão em risco de extinção. Que a sua juventude e entrada para a idade adulta serão passadas a assistir ou mesmo a resistir a fenómenos climáticos extremos (secas, inundações, furacões e tempestades; pandemias causadas pela perturbação dos habitats) e ao movimento de refugiados do clima. Mais tarde, quando até esta menina ultrapassar a idade fértil, se a ciência não a prolongar, metade das espécies estarão extintas e grandes porções de todos os continentes poderão estar inabitáveis. Não me compete dizer nada disto a esta porventura-um-dia-avó, concluo, enervada, alterada, a vazar o terceiro copo de ponche.

É fácil encontrar os estudos que defendem que a maior contribuição para a redução da emissão de carbono de um indivíduo num país industrializado é não ter filhos, uma opção de vida com um impacto maior sobre as emissões de carbono do que andar a pé, evitar voos longos ou adotar uma dieta vegetariana. Só que ninguém abdica de ter um filho com a mesma ligeireza com que abdica de um carro ou de ir de férias de avião — estas grandezas, apesar de poderem ser traduzidas em emissões carbónicas, nunca serão equiparáveis.

Esta angústia: *Quero ter filhos?*
Pode ter sido um privilégio do século 20.
No século 21, talvez caiba perguntar:
Deveria?

Estirada, ao sol, na varanda de minha casa, anotava num caderninho: *SÉC. 20... QUERO TER FILHOS? SÉC. 21... DEVERIA?*, quando soou a campainha. Eras tu, à minha porta, com croissants. Fiz sinal que entrasses, virei-te as costas.

— Estás de ressaca?

Não bebi mas sentia-me ressacada. Notei a minha expressão trancada, o corpo tenso. Não estava capaz de te encarar.

— Aconteceu alguma coisa? — perguntaste, aflito. — Fala, Joana! Que se passa?!

Tantas palavras a vadiar na minha mente mas nenhuma frase pronunciável. Avançaste pela sala, ávido de pormenores. Nunca aqui tinhas estado. Sempre vivemos no teu território. Talvez nem tivesses uma ideia do que seria uma casa sonhada por mim. Elogiaste a luz, talvez o único elemento que não é mérito meu.

Arrastei para o terraço uma segunda cadeira. Voltei para dentro, pus café ao lume. Quando regressei à varanda, tu enrolavas um cigarro.

— Estavas tão bem no outro dia... Que aconteceu? Ficaste assim porque não te disse nada ontem, foi...?

A tua justificação para a ausência de comunicação envolvia não sei quem de muletas, andaimes numa igreja, um painel de azulejos. Um baquetear nas têmporas impediu-me de discernir mais que umas poucas palavras por frase. Terminaste e eu não reagi. Perguntaste outra vez o que se passava e pediste desculpa por não teres dito nada no dia anterior.

Surgiu-me uma ideia:

— Queria pedir-te que descrevesses o que fizemos no primeiro dia em Lisboa. — Tu estranhaste o pedido. — Diz-me só o que aconteceu, onde fomos, de que falámos?

— Referes-te à semana passada?

— Sim.

— Porquê...?
— Responde. Por favor.

Ao sexto dia fiz esta experiência: seria a incompatibilidade das nossas recordações uma questão de distância? Geográfica, temporal, emocional?

Demoraste a responder e começaste por colocar ênfase no quanto eu tardei a responder à tua mensagem, escrita do aeroporto ao chegares, e que eventualmente nos encontrámos para tomar um copo naquele largo com "a escultura dos corações e a fonte", eu disse "sim, o Largo do Intendente". Na tua memória eu não tinha bebido e tu tinhas ficado apenas tocado. Disse "não, bebemos bastante". Tu retiveste excertos da conversa que não seriam os que eu destacaria. Não te aperceberse de que falaste muito mais do que eu. Não soubeste dizer o que eu tinha vestido, somente a ideia vaga de ter posto um casaco de malha azul sobre os ombros ao sair da Casa Independente. Confirmei. Que subimos "aquela avenida com os sem-abrigo", disse, "sim, a Almirante Reis", e que voltámos a descer e nos despedimos "naquele cruzamento", sem o caracterizar. Confessaste que te tinha apetecido continuar. Perguntei por que é que não mo disseste. Encolheste os ombros. Supuseste que estaria cansada. Era tarde. Que eu tinha concordado ver-te no dia seguinte e isso te pareceu igualmente bom. Não disseste "bom", disseste "OK". "Igualmente OK".

Passaste-me o telemóvel.
— Quero mostrar-te uma coisa.

Tinhas posto a correr um vídeo mas, com a claridade, distingui apenas os teus desenhos. Reentrei e esperei que os olhos se ajustassem à luz. Percebi logo do que se tratava, apesar de teres trocado os nomes aos personagens e o lugar à ação: era a história das duas sombras que se apaixonam, manipulando dois desconhecidos para poderem estar juntas — escrito por nós e terminado por ti. Assisti com atenção. Era rico em peripécias.

— Não está nada mal. Teria tomado algumas opções diferentes.

Deixei findar os créditos na expectativa de ver o meu nome, nem que fosse nos agradecimentos, mas nada.

— Queres que eu fique zangada, é?

Fingiste espanto, como se não te apercebesses de que este gesto me poderia alguma vez arreliar ou magoar.

— Achei que ficarias contente. Acabei o filme!
— O *nosso* filme...
— O meu filme. Estava a escrevê-lo quando te conheci.

Era cedo para começar a discutir, ou demasiado tarde. Levantei-me, fui à varanda recuperar a louça. O café aliviara-me do torpor com que acordara e trouxera até um certo enlevo. Mas de novo me via a braços com uma apneia lenta e sofrida, uma basta tristeza. Lamentei que tivesses matado as nossas sombras. Pior, que lhes tivesses dado vida. Sem mim. Afundei-me numa amargura que só estancou quando me dei conta de que, imprevidente, também eu o tinha feito. Fui direta à estante da sala e saquei um livro que te passei para as mãos. Observei-te enquanto o folheavas. Indiquei-te o capítulo em que as encontrarias. Escrevê-las tinha sido uma tentativa de apagar aquela luz. Só raramente me voltei a perguntar: será que as sombras sobrevivem no negrume?

Começaste a ler. A história de Sara e João é sobre o momento em que alguém *esquece* o que o impeliu na direção do ser amado. Pergunto se será sequer um esquecimento, um membro entorpecido, uma memória que falha? Se é possível *relembrar*? Com Sara e João, o oblívio assume a forma de uma espessa perda de sensibilidade, qualquer coisa de atmosférico, pesado, que faz com que os dias juntos pareçam todos iguais. Ou que qualquer variação seja recebida sem entusiasmo porque, no fundo, até a cor verde é apenas uma forma amarelada de estar azul. Tudo isto está presente noutros casais mas, entre eles, sem contrapartidas: o desinteresse mútuo, a justaposição de indolências e uma coreografia enfadada de desamparos. Porém, nada é flagrante. Passam bem por um casal funcional porque, em certa medida, funcionam.

Não se recordam de ter existido entre eles uma outra vivacidade mas, pela casa, virgulam os móveis fotografias emolduradas de viagens feitas quando eram jovens, ou mais jovens. Teriam ido juntos porque ambos queriam viajar ou porque queriam viajar juntos? Há uma fotografia com um peixe-agulha em que não podiam estar mais distantes. Ela está na extremidade da barbatana caudal e ele na outra. Segura o extremo pontiagudo com ambas as mãos. Sobrevivem vestígios de um tempo em que a relação pode ter sido diferente, e é sobre essa ruína que erigem o seu edifício feito de hábitos, naquilo que oferecem de nocivo: a vacuidade, a irreflexão, a ausência. Sobrevivem mínimos rituais que contrariam a alienação, como quando usam termos ternurentos, embora isso apenas aconteça quando estão entre amigos. Às vezes, antes de saírem rumo a um desses convívios, ela diz "amor, tiras a garrafa do congelador?", e ele responde "sim, querida", como se quisessem treinar um pouco. Ele questiona-se muitas vezes se as pessoas notam a sua desunião. Observa os outros casais no supermercado, nos cafés, na rua, quando aparecem à reunião de encarregados de educação na escola onde leciona. Não consegue distingui-los, àqueles que ainda estão juntos.

Os jovens não contam. Porque nem é arrebatamento o que ele procura nestas parcerias. Não espera de um casal da sua idade expressões públicas de afecto: entrar na reunião de pais e estarem ali aos beijos. Não é isso, e também não sabe dizer o que é. É o que lhes falta a eles, a Sara e a ele.

Ela acha-se mais entendida nas dinâmicas profundas dos casais, mais sensível que ele a essas cedências implícitas, pactos silenciosos que se estabelecem debaixo de cada teto. Assegura-lhe que todos têm problemas, na maior parte mais graves que os seus, visto que discutem, se violentam, se separam. Para eles, a ideia de separação é incontemplável. Há cinco anos, quando Sara vergou a uma depressão que a manteve medicada oito meses e depois da qual mudou de emprego e até de ramo profissional, encontrou em terapia a explicação de que estava a lidar com a falência de uma versão idealizada do amor. Que estava a aprender a aceitar que o elo entre duas pessoas que estão juntas muitos anos não é aquilo que se vê no cinema ou na publicidade. A terapeuta, bem-intencionada, disse-lhe que era um passo rumo à maturidade. Isto pareceu-lhe sensato, sábio até. Achou ter encontrado, enfim, o núcleo da sua mágoa. A origem da sensação de estar presa a uma vida que não era a sua, ou para si. Passou a praticar ioga duas vezes por semana e reatou a relação com a irmã mais nova, com quem se incompatibilizara a propósito de uma herança. Acabou por largar a medicação e disse a si mesma que o período mais sombrio tinha passado. Não questionou a relação com João. A terapeuta até lhe disse uma frase que nunca descodificou: "Há um elo muito forte que vos une".

Com tanto trabalho de análise, Sara conseguiu convencer-se de que aquele torpor era normal. Que é assim mesmo que é suposto ser. Desenvolveram estratégias sóbrias de sobrevivência, como os sumários sobre os casais em redor:

"A Cláudia e o David vão divorciar-se. Ele pô-la em tribunal pela custódia dos miúdos". Isto era dito de forma consternada. Eram pessoas próximas e havia sofrimento envolvido. Mas também é naquele momento que se apaziguam e respondem mutuamente a uma pergunta nunca proferida, traçando adiante de si, com estes divórcios e casamentos disfuncionais, uma linha que não atravessaram.

Buscam escapes. Ela é rica em contradições: ávida leitora de crípticos autores japoneses e clássicos russos, alterna-os com o consumo compulsivo de revistas de qualidade nula. João não entende. As traições dos famosos, os divórcios dos famosos, as casas dos famosos, as quezílias entre famosos. "Quem é esta gente? Por que se prestam a isto?". A pergunta ofende-a como se ele se referisse a ela. Ela descompõe o suplemento desportivo do jornal e ele desmancha a imprensa sensacionalista, mas nunca se ofendem diretamente, apenas aos respectivos hábitos de leitura. São as suas discussões mais ferozes, apesar de discutirem sobre muitos outros temas. Em certas fases, só discutirem. Acabam enfurecidos e frustrados, cada um encontra expedientes para desanuviar e voltar a ter forças para lidar com o dia seguinte, que promete ser igual àquele — ou pior.

Passam dias sem se falar. É como se vivessem sozinhos na casa onde mora o outro. Cada divisão inundada de luz por aberturas que extravasam a ideia de janela. De noite, os candeeiros acesos. Vagueiam de forma a cruzar-se em episódios regulares. Quando ele tem de estar à secretária a corrigir testes ou a preparar aulas, ela ocupa a poltrona de leitura e aninha-se a ler de costas para ele. A roupa da corda podia ser recolhida a qualquer momento, mas ele sempre o faz quando ela está na cozinha, onde fica o estendal. Preparam as refeições lado a lado, dado que ele não gosta da forma como ela cozinha e ela não gosta da ideia de cozinhar para ele. O primeiro a terminar segue para a sala, escolhe a mesa ou o sofá. Fixam-se no televisor. Quem termina primeiro volta à cozinha, põe a louça na máquina de lavar e deixa a bandeja aberta. O seguinte arruma a sua louça na máquina e, caso esteja cheia, aciona o programa de lavagem. Ouve-se: "Queres café?".

O silêncio impera.

Dormem juntos, apesar de haver no quarto de visitas uma segunda cama. Só têm visitas uma noite por ano, no Natal, quando a mãe do João vem do norte. É portanto um quarto perfeitamente capaz para um deles, mas a ideia de não dormirem juntos nunca esteve sobre a mesa. Ou sobre a cama. Deitam-se lado a lado, de luz acesa. Se muito esporadicamente algo acontece deve-se ao apetite que brota de um sonho, procuram-se numa cegueira sem reconhecimento.

Vivem assim anos a fio.

Certa noite, estão no sofá a assistir à segunda temporada de uma série britânica passada na revolução industrial, um arco narrativo que se supõe entretê-los de sexta a domingo. O volumoso candeeiro suspenso sobre eles é a única fonte de iluminação, ampliando o recorte da sombra de João, da sombra de Sara, fundidas sobre a alcatifa da sala, agigantando-as.

*

Esta é a mais feliz história de amor entre duas sombras em gerações de sombras, um encontro raro e idílico.

Não há hipótese de estas sombras, de tal forma enamoradas, permitirem que um e outro se separem.

*

Sara adormece no sofá. Ele assiste a mais um episódio, levanta-se e vai para a cama. Estica-lhe as pernas e cobre-a com a manta. Pouco depois, ela acorda e segue-o. Ele não a sente entrar. Dormem cada um para seu lado. O calcanhar dela quase a tocar o pé dele. As suas sombras completamente sobrepostas.

Fechaste o livro, reclinaste-te no meu sofá e semicerraste os olhos. Gostas de te gabar de que entendes perfeitamente o português mas temi que te tivesse escapado bastante.

— É interessante — judiciaste. — É outra coisa.
— Como assim?
— Teria dado outro filme. Quer dizer, o meu é divertido!
— Sim, o *nosso* guião era mais ligeiro. Mas... gostas?
— Não imaginei que funcionasse tão bem num ambiente doméstico. Isto de teres pegado nos meus dois desconhecidos e de os teres feito um casal casado há muitos anos é...
— É o quê?
— É trágico. Como eles estão presos um ao outro.

Quando sugeriste irmos dar uma volta, hesitei. Voltei a sentir a mensagem da Teresa, com que acordara, como um embaraçoso impedimento: *Olá linda, vamos estar juntas hoje. Passo aí a que horas?* O cuidado dela representava a força indesejável da lucidez, da consciência, do que me tinha comprometido a fazer. Do que, de súbito, me parecia impossível cumprir. Desliguei o telemóvel sem responder. A ti, pedi que esperasses enquanto trocava de roupa no quarto. Encostei a porta e sentei-me na borda da minha cama desfeita, ainda coberta da confusão que pautara os sonhos dessa noite. Surpreendi-me com o desconforto que estava a gerar a mensagem da minha amiga, mas também ter-te na minha casa. Mais do que qualquer outra partilha até àquele momento, naqueles seis dias de partilhas. Pareceu-me urgente tirar-te dali. Sabia que estavas do lado de fora a examinar tudo, como soubeste que eu o faria quando me deste a chave da tua casa na Brandsen.

— Mas isso foi há dez anos — disse em surdina.

— Diz?

— Nada, nada.

Lembrei-me dos dias dedicados a decifrar quem tu serias, apetitoso desconhecido, através dos teus pertences. Olhei em redor, para a minha parafernália. Uma serigrafia na parede, obra de amigos; duas canecas vazias, uma com o fio de um chá pendurado; lombadas de livros empilhados; uma delicada peça de cerâmica para joias onde afinal só pouso os tampões de silicone que ponho nos ouvidos para dormir. Um telemóvel desligado por pura cobardia. O que diz acerca de mim a minha casa? O que revelam os objetos que a povoam? Que descobririas se passasses aqui os próximos dias?

Talvez nos faltasse isso: eu partiria e tu ficarias, a habitar-me.

Orientei-nos até Santa Apolónia. Queria comer pizza junto ao rio mas a fila de espera desalentava. Comprámos gelados e fomos caminhando. Tentámos ignorar o potentado de cruzeiros que nos roubava a orla. Acabámos por eleger a primeira mesa vaga de uma esplanada diante do Museu do Fado, num sítio encenado para turistas onde sabia que não se iria comer bem. Assim que nos sentámos, apontei para uma pequena janela de um prédio de barriga:

— Ali já foi o meu quarto.
— Quando? Fala-me mais da tua Lisboa.

Gostei da ideia: *a minha Lisboa*. Contei-te daquele período em que arrendei o quarto dos fundos no apartamento de uma artista plástica que estava em Londres. Foi no interlúdio entre Berlim e Buenos Aires, enquanto aguardava os trâmites da bolsa de voluntariado. Tentei reaver o que fazia na altura, com que me ocupava. Pugnei por falar de uma Joana antes de ti mas a narração deslizou na direção do oceano. Voltei ao assunto contumaz. A Brandsen, a *cartonería*, uma feira do livro, um barco. Foi quando me pediste:

— Será que podemos, só hoje, não falar de Buenos Aires?
— a minha expressão recalcitrante. — Olha, estamos em Lisboa. Não é linda?

— É linda, sim.

Nem sequer vê-la todos os dias lhe retira beleza.

Já tínhamos estado na Feira da Ladra mas desta vez entrámos pelo Arco Grande de Cima. Corria uma brisa amena que permitia estar ao sol sem esmorecer. Fomo-nos perdendo e reencontrando nos corredores apinhados de estrangeiros tanto quanto de lisboetas em passeio. Tu tinhas faro para detalhes singulares: uma insígnia nazi, uma serigrafia de Pessoa com melena loura, um manequim com mamilos de esferovite. Fora isso, girovagámos em silêncio. Terminámos junto ao quiosque do jardim, eu sem compras e tu com uma coleção de azulejos tresmalhados. Alertei-te para o mercado negro de património estripado às fachadas e pedi que não o incentivasses. Encetaste uma explicação mas eu deixei-te para trás. Afastei-me de ti ao reconhecer na esplanada algumas caras conhecidas. Acenei de longe e alarguei o passo à tua frente para não ter de te apresentar. Ao pensar neste impulso, mais tarde, percebi que não queria que te imiscuísses na *minha Lisboa*, como lhe tinhas chamado, ou no meu círculo de amigos. Sentámo-nos, vieram perguntar o que queríamos. Havia pão de queijo. Tu não sabias o que era, pediste dois. Eu pedi um café. Examinei os azulejos defeituosos, traçados. Pareciam-me lixo.

— E Marselha? Por que não quiseste encontrar-te comigo quando te fui ver a Marselha?

— Lisboa, Joana. Hoje é para estar em Lisboa.

Calei-me, contrariada.

Não sabendo quantos dias nos restavam, ao sexto quis levar-te ao Museu Bordalo Pinheiro, em quem penso quando penso em ti, ou vice-versa. As coincidências são manifestas: no traço, temperamento e humor. Descobrimos, à entrada da coleção, que até na fisionomia. A seleção de imagens alinhadas cronologicamente no corredor continha uma revelação espantosa: eras tu. O *tu* que me animava a memória; não tu passeando em Lisboa. Tirei-te uma fotografia junto do Rafael do final do século 19 e sugeri maliciosamente que estarias mais próximo do Rafael retratado adiante, anafado e burguês. Não riste nem retaliaste. Deixaste-te estar a observar os retratos e a sua forma de envelhecer.

Gostaste da exposição, compraste na loja dois livros, mas notei-te maldisposto ao sairmos. Criticaste o ruído dos carros, a velocidade a que passavam, o fumo que produziam e perguntaste: "É esta a *tua Lisboa*?". Como se tivesse sido eu a desenhar o Campo Grande. Não sabia o que pretendias com o pronome possessivo. Nada disto me pertence e tudo isto sou eu.

Em rigor, nem sequer aqui cresci, mas na fronteira. A minha era uma família da Linha, com uma relação forte com o rio e o costumado passeio pela mata do Jamor. Nalgum fim de semana os meus pais diziam "hoje vamos a Lisboa!" e isso significava entrar no carro, estacionar na Baixa, então abandonada, serpentear pelos quarteirões de traça pombalina, olhar as montras tristes e terminar na ginjinha. Os meus pais bebiam o licor e eu e a minha irmã digladiávamo-nos pelo fruto. Durante anos, *Lisboa* significou aquele par de quarteirões, uma nesga de rio entaipado e um fruto inebriante.

Vi-me, adolescente, no carro com o meu pai, estacionado à entrada do largo onde tu e eu nos reencontrámos, então um terreiro, e a veemência com que me explicou que ali não poderia entrar "em circunstância alguma", ao subir a Almirante Reis rumo à António Arroio, a minha nova escola.

Uma colega de carteira trouxe entradas para uma cidade nova. Era a Expo. Mais que dos pavilhões, lembro-me de andarmos de teleférico pela primeira vez. Um grupo efervescente de miúdas tirando fotografias umas às outras e autorretratos a pares que não sonhávamos se viriam um dia a chamar selfies. Pusemo-las a revelar e esperámos vários dias até as podermos levar para a escola, onde rimos perdidamente das carantonhas sobre o papel lustroso.

O tempo da faculdade coincidiu com querer sair de casa dos pais e uma miríade de quartinhos alugados disseminados pelo centro histórico, que ia podendo e deixando de poder pagar, regressando pendularmente à gratuita base. Desvãos a que podia chamar casa por apenas cento e cinquenta euros por mês e que naquele momento custavam isso por noite.

Seguiu-se um pêndulo mais amplo, o das viagens, bolsas, residências, intercâmbios, qualquer desculpa para atravessar a fronteira. Um ano fora, voltar mudada. Três meses longe, uma nova forma de olhar. E cada Lisboa que me acolhia era outra. Qual te mostrar?

Descemos ao metro pela primeira vez. Percorremos a linha verde na direção sul. Entreolhámo-nos quando uma voz sintetizada anunciou pelos altifalantes: "Próxima estação — Roma". Tu insististe em que te fotografasse debaixo do painel pelo qual deslizam os nomes digitalizados das estações. Senti-me vexada e furtei-me ao momento.

Saímos nos Restauradores. Fiz-te subir até ao Convento de S. Francisco, hoje Faculdade de Belas-Artes, epicentro das histórias dessa Lisboa com pronome possessivo. Atravessámos o vão de volta perfeita da portaria do antigo cenóbio franciscano. Seguimos pelas escadarias em pedra, explorámos os claustros, o pátio, a cisterna. São tantas as vivências projetadas na cal que te mostrei a faculdade sem evocar nenhuma. Ainda estava tudo como no palco das minhas memórias, exceto a aurora nos rostos dos alunos. Parecia exagerada, envelhecia-me. Não recordava ter tido alguma vez um ar tão frágil, nem tão fresco. Para ti era só um edifício, sugeriste que avançássemos. Acedi, mas não sem uma paragem na biblioteca, da qual saí aliviada: a bibliotecária, também ela agora uma senhora, ainda se recordava de mim.

Levei-te ao terraço panorâmico da Cantina das Freiras. Estarrecido pela vista, estabeleceste uma ligação entre miradouros e a atitude panóptica das colinas, notando que Lisboa insiste em parar para olhar. Para se olhar. Aludiste a uma trama que tinhas partilhado comigo no dia anterior e que não retive. Era sobre as traseiras do apartamento onde te alojaste e um painel de azulejos abandonado. Falaste de um olho de vidro e de cerâmica. Falaste de Santa Lúcia, dizias "Luzia". Não percebi nada. Quando notei uma tonalidade conclusiva, incapaz de assumir que não tinha ideia do que estavas a falar, fingi participar:

— Interessante, de facto.

Estafando-te com tanta subida e descida, conduzi-te pelos múltiplos quartos alugados, moradas, sofás de amigos, lugares da noite, do tango — que também os há em Lisboa —, piscinas, bibliotecas, livrarias independentes e alfarrabistas. Dizia: "Aqui foi onde se deu isto!", "aqui foi onde se deu aquilo!". Num recanto circunspecto, revelava: "Uma vez, neste preciso lugar!", teria sido onde "vi alguém", "me apercebi de que", "me contaram que afinal", depois do que nunca nada voltou a ser o mesmo. As mesas dos cafés onde escrevi, os bancos dos jardins onde li. Colori cada passagem com pequenas odisseias íntimas, excluindo instintivamente as histórias de amor e desamor que a cidade também arquiva. Na subida para o Largo do Caldas, ao trocar de passeio em busca de sombra, lembraste-te de equiparar os promontórios da minha capital às flutuações do meu humor.

— Vês como as pessoas são lugares…? — respondi.

Eu podia até chamar-me Lisboa.

DIA 7

Ao acordar, aguardavam por mim no telemóvel instruções para ir ter às Escadinhas de Santo Estêvão. Avistei-te ao longe, concentrado na meia abóbada revestida de azulejo, embutida no muro do adro da igreja.

— Foi este.

— Foi este o quê?

— O último dos painéis. Que te parece?

Ao centro, uma figura feminina, que identificaste num guia como sendo Nossa Senhora do Carmo. Comentei o cartapácio colorido por post-its. Viravas páginas, absorto. Voltei a atenção para os azulejos: a Nossa Senhora, sobrelevada a uma série de anjos, tinha um bebé ao colo. Encimando a abóbada, a pomba do Espírito Santo; e nas laterais, fidalgos com espada embainhada. Reparei que tinham as faces vandalizadas, alguns pareciam mesmo chorar. Era tristíssimo.

— Que se passa com os olhos deles?

Esmorecido, levantaste o olhar do guia.

— Não ouves mesmo nada do que eu digo, pois não...?

Com agonia, revi frases recentes, ditas por ti, a tentarem encaixar-se numa explanação coesa. Falavas há um par de dias de olhos e azulejos. Desculpei-me. Pedi que me explicasses de novo.

— Passo o tempo a contar o que já te contei, o que já te expliquei!

Viraste costas e desapareceste na direção da Rua dos Remédios. Segui-te, repetindo o teu nome sem disfarçar a angústia. Nem olhaste para trás, avançando, carrancudo, regougando sozinho. Fomos nisto até ao Terreiro do Paço. No Cais das Colunas, o amontoado desfadigando-se da labuta turística fez-te abrandar. Agarrei-te o braço e elevei a voz sobre a música ao vivo. Resignado, sinalizaste que te seguisse para longe da confusão. Acedeste a explicar outra vez. Já era tempo de ouvir uma das tuas histórias:

Madrugada de junho. Aterras cedo em Lisboa e escreves-me assim que tens rede, ignorando que demorará mais de uma semana até que eu responda. À tua espera no aeroporto está Gianluca, que te deixa à porta de um apartamento encontrado através de amigos de amigos, todos italianos. Tinha sido recentemente recuperado para arrendamento de curta duração e alta rentabilidade, latíbulo para turista. Mas consegue-lo sem taxas de mediação e a um preço camarada. Fica na Rua dos Cegos, uma passagem calma próxima do miradouro de Santa Luzia. A entrada é tão baixa que te corcovas para entrar e lá dentro a sensação de espaço não progride. É humilde mas soalheiro. Bebes cerveja às dez da manhã com o teu amigo, encantados com este destino que vos reúne passados anos. Mas Gianluca está de partida, férias de verão. Descreve-te em detalhe as delícias do monte alentejano onde irá passar a quinzena; e é nelas que pensas, nos dias seguintes, enquanto te passeias na tua própria companhia. Vagueias, recuperas o fôlego em bancos de jardim, escolhes as tascas que te parecem menos turísticas para provar as melhores receitas e o pior vinho. Os dias são tão extensos que tens tempo para saturar os pés de quilómetros, ocupar esplanadas e extraviar longas horas em casa, a ler, fumar ou a contemplar ideias. Sem consultar qualquer mapa ou guia, descobres livrarias, miradouros, a travessia do rio, uma desgarrada de fado, o polvo à lagareiro e o pastel de nata, do qual devoras o recheio com a colher do café. O teu pequeno-almoço passa a ser meia dúzia de pastéis e trocas várias refeições de garfo e faca por composições gulosas, em pastelarias com luzes frias de néon e balcão de vidro boleado. Até a palavra te deleita: "pachetelêriá". Calcorreias a colina do Castelo e de Alfama e dás com a Casa dos Bicos e com o Chapitô; afastas-te do centro histórico, descobres a Cinemateca e o Jardim da Gulbenkian. O teu gáudio é descobrir que junho é o mês das festas e que a cada noite te basta circular pela trama de ruas para as encontrares apinhadas de gente, folia, um concerto, uma conversa, até um olhar feminino — usas uma expressão do lunfardo, *un levante* — um engate.

Interrompi. Não vi a necessidade desta descrição tão detalhada ou o que teria ela a ver com os azulejos.

— Também não te detive quando contavas as tuas histórias, pois não?

Encolhi os ombros e fiz sinal para que prosseguisses.

Passas horas no apartamento, novamente descrito na sua exígua dimensão. Por contraste, realças a abertura de um logradouro traseiro, que qualificas como "extraordinário". Parece-te incrível que um lugar assim possa existir no coração da cidade: ruínas e edifícios apalaçados de que só resistiram algumas paredes e excertos de telhado. As reduzidas áreas foram invadidas por arbustos e silvas que tornaram impérvios os acessos. As superfícies foram todas marcadas pelos graffiti, exceto uma, coberta de azulejos. Separa-te deste painel um muro baixo em que te empoleiras. Na pintura distingues uma ermida, uma batalha, cavaleiros, um castelo, uma feira, comerciantes, um pedido de casamento em primeiro plano. Ou um trovador declamando poesia? Talvez a história da família rica que aqui habitou. A legenda está tapada pelas silvas.

Sais ao cair da noite e voltas ébrio. Acordas tarde e enrolas cigarros a olhar para aquela imagem. Eu continuo sem enviar sinais de fumo ou de vida. Contas-me que, certo dia, calcorreavas o Bairro Alto, quando reparaste na passagem de um magote de seniores. Seguiste-os até à entrada de uma igreja. Travas conversa com duas senhoras.

Um segurança aborda-te. Explicas que pertences ao grupo, és o professor de italiano. As senhoras confirmam, divertidíssimas. Quando entras, dás conta de que afinal é um museu de arte sacra. Entram numa primeira sala com vista para um claustro, com retratos e inscrições lapidares, seguida de um corredor repleto de relicários. O canto esconde dois dípticos de grandes dimensões, ambos dedicados à adoração do cordeiro místico. O da direita cativa-te pelo ajuntamento de figuras femininas. Destacas-te do grupo e lês na legenda: "Virgem em Glória entre as Santas Mártires". As mártires têm os olhos revirados, numa expressão de êxtase coletivo do qual a exceção é a santa em primeiro plano, única que sabes identificar, por segurar uma bandeja com um par de órbitas soltas: é Santa Lúcia.

Desde que chegaste a Lisboa que uma série de detalhes e pistas te convidam à lembrança da tua querida nonna Antonina, de Siracusa, que tinha chegado muito jovem a Nápoles para casar com o teu avô Gennaro. Só se viram no dia do casamento, explicas, apesar de eu conhecer bem essa história. Sempre falaste muito dela: o seu possante corpo rodeado de enormes tinas de zinco, onde demolhava quilos de mozzarella, amassada e retesada com uma enorme pá; as mãos papudas e avermelhadas pela temperatura da água; a superfície alva e lustrosa das esferas brancas que surgiam num gesto destro; aquele com que atava dezenas de saquinhos de burrata, numa desenvoltura que o fazia parecer fácil. Coloras reminiscências: o seu cheiro agridoce a coalhada, a porta aberta, a mesa farta. Discorres acerca do tempo mágico daqueles verões que nunca mais voltaram a ser tão extensos nem tão prazenteiros.

Pigarreio:
— Os azulejos?
— *Dale, dale*. Avancemos.

Entretanto viúva do avô Gennaro, a tua nonna subsiste graças a uma panóplia de talentos — cozinhar, costurar, limpar —, cada qual exigindo diferente minúcia. De um ano para o outro, a sua visão deteriora-se e ela encontra subterfúgios para fingir que está tudo bem, enquanto se pica com a agulha, se queima ao lume e esbarra nos móveis. Só te pede ajuda para que a leves a sítios. "Anda comigo, tenho uma história para te contar" — o seu repto irrecusável.

A nonna é muito devota. A cada verão peregrinam ao altar de Lúcia, de quem te conta a vida uma e outra vez. Muito nova, a santa tinha feito um voto de virgindade, mas a mãe insistiu em vê-la casada e arranjou-lhe um nobre de boas famílias, um pagão com amor ao dinheiro, aos títulos e às propriedades. "Um napolitano!", escarnece a tua avó. Lúcia recusa-se. A pressão da família e da sociedade da época é tal que, duvidando, empreende de joelhos uma romaria ao túmulo de Santa Águeda, outra que morrera por não acatar as ordens dos homens do seu tempo. É alertada pela própria dos tormentos a que será sujeita caso persevere. Mesmo assim, fortalece os votos dando a sua riqueza aos pobres. O napolitano que a quer para esposa não pode consentir nesta delapidação de uma fortuna que pretende anexar à sua e queixa-se ao imperador Diocleciano, que condena a jovem Lúcia à morte. Num ato de fé, ela arranca as próprias órbitas e determina que sejam enviadas ao pretendente napolitano numa bandeja. Ali se dá o milagre: recebe um par de olhos regenerados. Encara o carrasco, triunfante.

— E depois, nonna? — terás tu perguntado mil vezes.
— Oh, depois degolaram-na.

De volta ao apartamento, sentas-te nas traseiras a observar o painel. Reparas que, numa espécie de coro, junto de uma igreja, uma das personagens do painel está desfigurada. Os olhos foram destruídos. Podias jurar que não estava assim antes. Espias em redor, as ruínas abandonadas. Um arrepio convida-te a recolher.

— Caminhamos? Preciso de desentorpecer as pernas.
— Espera! Que figura era essa? Que tem a ver com o painel das Escadinhas de Santo Estêvão?

Avançaste, desta feita bonançoso. Voltei a apressar-me para te acompanhar.

— Diz lá. Não sejas assim.
— Tu sabes como esta história termina porque eu já ta contei. Passei os últimos dias a contar-ta. Faz um esforço.

Atravessámos o Terreiro do Paço e avançámos pela Rua da Prata. Na esquina do Martinho da Arcada ocorreu-me que irias gostar de ouvir a saga de um dos cafés mais antigos de Lisboa, onde Pessoa teve mesa cativa, mas evitei o circunlóquio. Queria que concluísses a história do painel, mas seria contraproducente insistir. Conseguimos lugar n'A Provinciana, uma tasca onde o vinho é servido diretamente da pipa, cuja madeira serve de matéria-prima para a decoração da casa, sobretudo relógios, dezenas deles, montados em tampos ou nas aduelas. Enquanto nos serviam vinho e entradinhas, fizemos um levantamento dos quocientes de atraso dos vários relógios. Propuseste uma analogia fácil entre os diversos fusos e a nossa dessincronia. Bem-disposto, lançaste assuntos e deixaste-os girar:

— Que teve de acontecer para ficares a viver em Lisboa?

Pareceu-me uma formulação displicente. Reagi mal. Depois entendi que evocavas um tempo em que eu dizia quotidianamente que seria uma eterna nómada; que nunca assentaria num país onde se falasse a minha língua. Quando finalmente percebi, não soube o que dizer.

— Vim só lançar um livro. O plano era continuar a viajar. Não sei o que aconteceu.
— Apaixonaste-te, foi?

Disse "não", depois "sim", depois "talvez".

— Houve alguém, mas não durou... Apareceram projetos. Trabalho. Amigos de longa data. Gostei de estar entre pessoas que me conhecem há muito tempo, a quem não tenho de estar a explicar quem sou. Olha, não sei. Fui ficando.

Tu semicerraste os olhos.

— Não me olhes assim.

— Não me estás a contar tudo.

— Estou. Foi uma acumulação de fatores e...

— E...?

— E quê? Não houve ninguém importante. Não podia haver: a tua sombra não permitia.

Era isto o que querias. Senti-me encurralada. Pousaram entre nós uma generosa fatia de bolo de bolacha, duas colherzinhas, dois cafés e o teu digestivo. Demorámo-nos. Só depois de esboçar no ar "a mímica para *conta*", te falei do momento em que tu e o teu silêncio se tornaram diminutos. "Os meus pais". Disse eu, sem mais explicação. Porfiaste.

— Começou pela minha mãe. O mesmo cancro que tinha tido há vinte anos mas noutra parte do corpo. Disseram-nos logo que é complicado tratar este tipo de metástases. Pouco depois, o meu pai. O mesmo diagnóstico; mas no caso dele garantiram-nos de que era um procedimento simples.

Desenhei um quadro desordenado dos meses seguintes: a minha mãe, que enfrentava um tratamento de alto risco, paulatina mas obstinadamente a recuperar; e o meu pai, uma cirurgia comum, cada vez pior.

— Tenho memórias confusas, tal não foi a vertigem desses tempos.

— Tu tens memórias confusas de todos os tempos...

O tom era jocoso mas não ri.

— Só que recordo nitidamente como tudo o resto deixou de importar. Tu, nós, viajar, conhecer o mundo: pareciam os sonhos de outra pessoa. A constante era Lisboa. O meu mundo era um par de ruas. Não fui de férias, não fui a lado nenhum até...

— Até?

— Num momento de extremo cansaço, saí uns dias. Eu estava num estado... Aguilhoava conflitos em várias frentes. Fiz então aquilo que faço sempre.

— Inventaste uma história?

— Não, tonto, fugi para o outro lado do mundo.

— Para onde foste?

— Adivinha...

— Não faço ideia.

— Pensa lá.

— Como vou eu saber?

Esperei que o dissesses mas, como não estavas a querer ver, relembrei:

— ... Beirute.

— *Che...* Beirute! Que incrível foi quando nos encontrámos em Beirute! Ainda me arrepio ao pensar nisso.

— E eu.

— Irreal...

— Foi tão estranho...

— Se fizesse disto um filme, nessa parte ninguém acreditaria.

— Pois não. Até porque não foi só inverosímil, foi também um cliché.

— Como assim?

— Então, não vês logo? Foi quando deixei de te procurar que finalmente te reencontrei.

Eram escassas as probabilidades de estar em Beirute naquele momento. Se, por um lado, é a primeira vez neste relato — e na minha vida adulta — que consigo pôr de parte algum dinheiro, por outro, e os dois estão relacionados, não tenho disponibilidade. Os projetos sobrepõem-se. Além disso, quando me dou conta de que há um movimento de grupo rumo à celebração do aniversário do irmão mais velho do Zan, um bom amigo persa-libanês, apercebo-me também de que não fui convidada.

— Então, colaste-te?

— Sim — encolhi os ombros, vexada. — Foi desconfortável mas, naquele momento, o menor dos meus males.

Mais do que a falta de tempo ou de convite, a razão cardeal para não ir é o meu pai continuar doente. Lembro-me da extensão dos corredores do IPO, da espera inglória por boas notícias. Ele estava mais fraco e os médicos mais evasivos. As respostas cada vez mais curtas, mecânicas. Uma certa pressa nos movimentos que não se confundia com agilidade: uma dificuldade em lidar com o óbvio.

No trabalho, anuncio que estarei fora uns dias. Ao grupo de amigos, envio os detalhes do voo, já comprado. Não negoceio: a viagem será sempre a melhor das minhas más decisões. Sou a última a aterrar, dado que até ao derradeiro momento tenho reuniões, ensaios e sobretudo remorsos. Sinto desconforto por estar a ir de férias e o expediente de chegar três dias mais tarde permite dizer "sim, vou, mas nem sequer vou o tempo todo!". Faço escala em Heathrow, chego a Rafic Hariri de noite. Sigo instruções impressas no verso da folha do cartão de embarque: "Na alfândega e no táxi diz Rue d'Arménie em Mar Mikhael. Se perguntarem o número, diz só restaurante Tawlet. Para a direção exata, clica aqui. Mas não a dês a mais ninguém, less is best. Traz toalhas".

Uma vez no apartamento, encontro novas instruções, manuscritas, calorosas boas-vindas e uns *"yalla, yalla!"* em diferentes caligrafias. Destacada, a palavra-passe da internet. Conecto-me e contacto-os. É o Vasco quem me responde, lacónico e essencial: "Vem ter ao Demo", como se fosse o bairro da Graça e eu a ir ter ao Damas. Vejo na aplicação do telefone a distância: são vinte minutos a pé numa simples linha reta que desenho num papel, dando nomes às perpendiculares. Na rua não terei acesso à net, só a um talento vitalício para me perder.

É março novamente, como em Marselha há alguns anos. Venho do frio, dos collants debaixo das calças, dos gorros e das luvas. Nesta noite limpa, no entanto, basta-me um casaco de meia-estação. O ar fresco desperta-me do torpor saturado do avião, ou de tudo o que lhe antecedeu. A caminhada purga-me. Numa transição entre o que deixo e o que irei encontrar, há um entrementes desocupado e uma dúvida feroz: que raio estou aqui a fazer?! Vejo de súbito quão má foi esta ideia. Respiro fundo, dobro a esquina assinalada no meu esquiço e deparo-me com o reclame luminoso do bar. Avanço, ignorando que será apenas uma questão de minutos até Beirute afundar o pé no acelerador e me tragarem os dias, num turbilhão de sabores, aromas, rostos de beleza atávica, emoções conflituosas e um reencontro.

Recebem-me calorosamente. O bar estende-se pelo comprimento de um balcão que só termina na mesa do DJ, ao fundo. Vou abraçando amigos ao longo do corredor. Cada um coleciona um conjunto de paisagens e experiências que me quer contar. E a comida, como me falam da comida! Peço um copo de vinho tinto e estaciono perto da vitrina, à entrada, a ouvir o relato da excursão daquele dia a Baalbeque. É então que uma mão invisível me acaricia o pescoço e me faz olhar pelo vidro, mesmo que lá fora distinga apenas uma tímida luminária a perder na peleja contra a noite profunda. O mesmo impulso que me fez olhar para a entrada da Feira do Livro Adstringente, sete anos antes: uma forma de saber, sem saber ainda o quê.

Na secundária ruela, aquele andamento que reconheceria numa multidão.

Precipito-me para fora do bar. Brado o teu nome num beco escuro. É tudo o que fiz nos últimos anos — gritar o teu nome no escuro —, mas agora é real e tu viras-te, vocês viram-se. Olham-me.

Ela olha para ti. Tu olhas para mim.

Qualquer um diria que somos dois amigos que se reencontram depois de anos sem saber um do outro. Siderados, perguntamos repetidamente "que fazes aqui?!", sem ouvir a resposta. A teu lado, uma libanesa lindíssima, muito novinha, com um rosto emoldurado por um lenço garrido. Tu sem saberes como nos apresentar. É ela, perspicaz e divertida com a situação (como não amar as libanesas?), que sugere:

— Ficamos para um copo?

Acedes, atrapalhadíssimo. Apresento-vos a cada um dos meus amigos, incrédulos por eu já conhecer gente. Pedem bebidas e juntamo-nos a lançar ideias soltas e inconsequentes que se trocam à noite em bares, generalizações acerca da vida e dos lugares. É tão onírico e desconchavado que me deixo levar. É preciso conhecer-me bem para reconhecer os sintomas velados do meu estado de choque; ou talvez apenas saber que não tenho o hábito de esvaziar copos de vinho àquela cadência. A cada gole, estabeleço: "isto é um sonho e daqui a nada vou acordar", seguido de "mas não quero acordar sem lhe perguntar uma série de coisas".

As despedidas são imagens que os espíritos desfocaram: tu enturmado com os meus amigos, a tua libanesa abraçada a mim a dizer que tem pena que eu não fique em Beirute mais tempo. "Sei que nos tornaríamos boas amigas". A embriaguez a dificultar-lhe o foco. Ela a sugerir que troquemos números. A dar-me um número de indicativo +961 e tu um número antecedido por +33. França. Afinal, posso ter andado perto.

Nunca me interessou conhecer um lugar em apenas cinco dias; mas é o que tenho para conhecer Beirute. Mesmo que não passemos da epiderme, a experiência está longe de me parecer superficial. Somos seis — Vasco, Luísa, Filipa, Simone,

Duarte, Zan —, sete comigo. Não há entre nós nenhum casal, não há romance, compromissos ou filhos. Há este momento nesta cidade. Montamos base entre os bairros Mar Mikhael — "São Miguel" — e Gemmayzeh, que os locais pronunciam "Jemâizé" e nós adulteramos para "J'amazing". De facto, parece--nos tudo bem maravilhoso. A afabilidade das pessoas, disponíveis e curiosas, faz-nos sentir em casa. O ritmo daqueles bairros meãos é acelerado. As caminhadas atravessam poluição e desordem, as ruas estão sujas ou degradadas; reina um caos difícil de descodificar em tão pouco tempo — mas há também uma vitalidade, um sentimento geral de promessa, que tornam inebriante o primeiro contacto. Alterna-se destroço com edifício moderno, fachada de traça ocidental com mesquita; sucedem-se galerias e pequenas lojas, nelas artesãos compenetrados, a guardar os confins da História. Compro um anel acabado de fundir que perco no dia seguinte, ao lavar as mãos. Ficou lá, pousado no lavatório de uma pequena padaria de bairro onde fomos provar *maamoul*, um biscoito com recheio de tâmaras e nozes.

Os dias são fruídos em opíparo repasto. Mais do que o ecletismo evidenciado na arquitetura, no exotismo de certos rostos ou na miscelânea de templos e devoções, é sentada à mesa que reconheço o passado grego, bizantino, egípcio, otomano, árabe, persa, francês e inglês; a proximidade síria, arménia, palestina, iraniana, marroquina, turca. Não retive outro vocabulário além de *zaatar, manakish, moutabbal, foul, fatoush, kibbeh arnabieh, fatayer, moghrabieh, baba ghanouj,* termos culinários de uma tentação intraduzível. A gastronomia libanesa não é só saborosa, é também um festim de cores e formas, de texturas e cheiros, de instantes de antecipação e de ritual. O melhor destes dias é que o final de cada refeição representa o início da preparação para a seguinte; e os nossos percursos resumem-se a ir provar uma receita nova a algum lado, pelo caminho enlevando-nos e comovendo-nos.

Não tenho dúvida de que esta ênfase na alimentação é uma forma de me ancorar e de lidar com a ansiedade que aquele reencontro tinha gerado. Contra essa ameaça, eu saboreio, o que une e arreiga. Cada pinhão, cada talo crocante, cada pedaço de pão chato mergulhado em molho ou coberto de condimentos me ajuda a ficar na imediatez dos sentidos e a não me deixar apanhar pelos desvarios da mente, da memória ou da expectativa do que irá acontecer a seguir.

Nem por isso me passam ao lado, dentro e fora, as marcas do trauma. Há carros abandonados, carbonizados, edifícios bombardeados e deixados tal qual. Gestos de brutalidade solidificados. É constante encontrar marcas de bala nas superfícies, como paredes ou sinais de trânsito. Recordo Guy, um rapaz de olhos rasgados e sorriso tímido, com os braços tatuados e um aprimorado sentido de moda, que saiu do seu caminho para nos levar a uma lojinha discreta, forrada a mosaico, onde ele garantia que se comia o melhor *falafel* (ouvimos isto várias vezes em relação a várias iguarias). Sentados no passeio e em cadeiras de plástico ali dispostas, ouvimos Guy falar da guerra civil, cujas marcas estavam presentes nos edifícios tanto quanto nas vidas de cada um. Parecia-me demasiado novo para falar da guerra com tanta propriedade: "Que idade tens tu?", pergunto. Responde que estava no pátio da escola quando, em 2006, Israel bombardeou Beirute. Não digo mais nada.

Falo-te do dia em que Filipa, Simone e eu — não sei onde estavam os outros — caminhámos até ao Museu Nacional. Alongo-me propositadamente nos detalhes de uma das peças, o mosaico do Bom Pastor, parcialmente destruído durante a Guerra Civil por um franco-atirador (sniper é uma das palavras mais ouvidas nestes dias). Descrevo-o de forma a que os paralelismos entre mosaico e azulejo sejam notórios; entre olhos vandalizados e murais esburacados, inevitáveis. Mas não consigo de ti a reação desejada. Limitas-te a concordar. Que sim, que também achaste impressionante aquela ferida aberta numa peça cujo tema é a boa vontade cristã. Mas o que te impressionou mais estava no piso superior: joias, pedras e metais preciosos, com milhares de anos, salvos pela estratégia do expedito diretor do museu durante a guerra, que se lembrou de colocar o espólio em gavetas e de o emparedar. Foi assim que se salvaram artefactos de valor inestimável; nem sempre intactos. O que sobrou, de uma beleza pungente e imperfeita, é o que está exposto. É de partir o coração, dizes.

Museus, bairros, pessoas, monumentos, caminhar na orla marítima e dançar até de manhã. Consigo que Lisboa pareça distante, quase abstrata; mas não consigo que a atenção se mantenha plena a cada momento, exceto ao comer. O que a fragmenta é o constante verificar do telemóvel, na expectativa de que tenhas respondido. Torno-me naquela pessoa obcecada em perceber se cada novo lugar a que chegamos tem wi-fi. "Relaxa", diz o Zan, não concebendo o que pode haver no ecrã que rivalize com a intensidade do que estamos a viver. Sinto-me envergonhada e profundamente triste quando a Filipa lhe relembra em surdina que o meu pai está muito doente.

Não há nada no telemóvel além de desencontros. Um dia não podes tu; no seguinte, eu. É quando alugamos dois carros para ir comer peixe fresco ao porto de Tiro, e caminhamos por uma praia que me fascinou por nela poder molhar os pés no "lado de lá" do Mediterrâneo. Há sempre um outro lado.

Na última noite, reencontramo-nos no mesmo bar. Vejo-te carregado e lúgubre. Desejo que um pouco da tua tristeza seja eu.
É evidente que a situação é tão desconfortável para ti quanto para mim. Falas ininterruptamente, ufano e sem tato. Percebo que perpetuaste a diletância: mencionas um filme, uma canção, um livro de poemas. Premiado, acrescentas. Panfleteias sinais de sucesso e realização, sinto-me a seguir ao vivo uma conta de Instagram. Não ponho like em nada. Colocas somente duas questões: "Acabaste o mestrado?" e "Continuaste a escrever?".
— Disseste que não. Eu sabia que mentias, tinha visto os teus livros na internet.
— Procuraste por mim online?
Contra tudo o que podia ter imaginado — e imaginei — que seria este reencontro, sinto-me entediada. Não sei como impedir que continues a salmodiar as tuas vitórias e realizações, nem como passar disto para as perguntas que, de súbito, me parecem vãs. Como se não fosse a ti, a este homem petulante sentado à minha frente, que as quisesses colocar. Olho em volta, o bar entretanto encheu, o volume da música subiu, o fumo tornou-se um espesso véu que nos cobre a todos. Penso em formas de sair dali.

Este copo no Demo é a última recordação comum. A seguir a isso, como noutras latitudes, a tua versão e a minha seguem por ruelas distintas. Os dois nos recordamos de acabar na festa de Alfie, o aniversariante, mas a forma como lá vamos parar não é consensual.

— Nem sequer tinhas sido convidado, por que me perseguiste?

— Não te podia deixar atravessar as ruas sozinha, àquela hora, naquele estado... Ficaste devastada quando descrevi a overdose da Panchita... Não me passou pela cabeça que pudesses não saber. Vocês eram tão próximas...

A lembrança do sorriso de María Francisca abalroa-me. Não é possível
não é possível
não é possível
que já não exista em lado nenhum além desta história.

Enfureces-te a sério quando sugiro que possas ter sido tu a *minar* a minha bebida, única explicação que encontro para o abismo que se seguiu à festa.

— Se não foste tu, alguém foi!

Nunca me tinha acontecido apagar uma noite inteira. Tu rebates que eu estava muitíssimo bêbeda quando te persegui até tua casa.

— Não faria isso... — murmuro, vexada.

Garantiste ter passado a festa a cuidar de mim, preocupado com o impacto da notícia que me tinhas dado. Eu tenho ideia de ti a socializar e a dançar e a ditares o teu número de telefone a uma rapariga. Depois, fica difuso... A festa atinge uma loucura boa, apinhada e tórrida. Há um corredor comprido que não se atravessa sem roçar o corpo por uma dezena de desconhecidos, lindíssimos desconhecidos e desconhecidas, que riem alto e bradam palavras de ordem em idiomas guturais, que partilham o beber e o fumar. Dou por mim em pontos diversos da festa, segurando beberagens de cores distintas. Danço ao pé do DJ, recortado da panorâmica por uma ampla janela. Estamos num oitavo andar. Saio ao terraço, onde de uma dezena de silhuetas se liberta um vapor que parece bailar com os vagalumes urbanos. Uma cidade-maré. Tenho novamente um copo de pé alto na mão, será meu?, provo, é doce. Recosto-me na amurada junto dos olhos amendoados de uma rapariga baixinha, de uma beleza discreta, que se mostra incomodada pela forma como a estudo. Os seus olhos lembram-me os de María Francisca. Vou à tua procura, quero saber se concordas. Encontro-te pendurado na Luísa, que pede ajuda ao Duarte para se desenvencilhar. Riem-se. De ti. Respondo a uma náusea penetrando a teia de corpos que tornam agora várias vezes mais longo o corredor para a casa de banho. Falam-me. Não entendo nada, será árabe?, é o Vasco, aprendeste árabe numa semana, Vasco?, rio-me, rimo-nos, muito, já não vejo o Vasco, vejo bocas muito abertas, gargalhadas, todos rimos, elegemos o A como letra única do alfabeto, aaaaaaaaaaaaaaaaa, ha ha ha, onde foste, Vasco?, anda cá, acho que vou vomitar, tropeço em alguém acocorado, sou amparada por um abraço coletivo, desisto de ir à casa de banho, fico a dançar onde estou, a meio do corredor lotado, de súbito tão feliz pelo Alfie, por ser para ele esta festa memorável, da qual no dia seguinte recordarei tão pouco.

Lembro-me de ser acordada de manhã por uma luz ferina, numa cama desconhecida, e de te ter a meu lado, adormecido.

Caminhávamos por Lisboa sem destino, procurando a sombra. Tentei deixar-te a meio caminho da narração, como tu me tinhas feito. Protestaste:

— Continua! Conta-me o que aconteceu naquela manhã.
— Só se me contares como acaba a história dos azulejos.

Sentaste-te num banco junto do Chafariz das Moiras e acedeste ao meu pedido:

— Precisamos de um outro museu. Soa muito cultural a minha estada em Lisboa até tu responderes mas, de facto, só fui a dois museus. O Gianluca tinha-me dito que, neste, havia um tríptico de Bosch.

No entanto, diante d'*As tentações*, mal te quedas. O Museu Nacional de Arte Antiga exibia na altura um retábulo do Mestre de Riglos: quatro pinturas quatrocentistas que contam a história que acreditas conhecer melhor que a palma da mão. Começas a ler a folha de sala e o catálogo como quem lê literatura de crime e uma revelação: a verdadeira biografia de Lúcia. Nesta versão, a mãe é uma figura boa, frágil e doente. A saga começa com a descoberta da vocação da filha que, no túmulo de Santa Águeda, consegue livrar a mãe das dores mortificantes. Perante o milagre, Lúcia dá aos pobres a sua riqueza e dedica-se à fé. O pretendente nem é de Nápoles nem sofre de usura, apenas teme o vigor da fé de Lúcia, malpropício ao futuro papel de esposa. Lúcia nunca chega diante do imperador, é o governador Pascásio quem a condena; não à morte, à desgraça. Manda-a servir nos lupanares públicos. A isto ela resiste com uma força tal que nem uma junta de bois a consegue arrastar.

— A pintura da santa inamovível perante as bestas é extraordinária! — entusiasmaste-te. — Só que, furioso com a teimosia de Lúcia, um dos homens de Pascásio mata-a com um golpe de espada.

— Então e os olhos?
— Nesta versão não há nada acerca de os arrancar.
— Por que terá a tua avó inventado uma coisa tão horrível?
— Não foi ela, claro. Já deve ter ouvido a história assim.

Tudo isto me deixa desconcertada. Fazes-me ver que é irrelevante quão distante estaria qualquer uma das versões do que teve lugar mil e setecentos anos antes. O importante é que a versão da tua avó a protegia contra uma cegueira inevitável.

— Não morreu completamente ceguinha?
— Não importa — insistes. — Ela tinha uma história que dava sentido à perda. Isso tem maior alcance que um par de olhos sãos.

De volta ao teu apartamento da Rua dos Cegos, na modorra que antecede a noite, parece-te ouvir ruídos vindos das traseiras, mas estás deitado no sofá, demasiado grogue para ir verificar. O batuque não cessa. Contrariado, levantas-te e arrastas-te na sua direção. Deparas com um homem debruçado. À tua saudação, dá-se uma tentativa de fugir, inadvertidamente cómica dada a perna mais curta que outra e as muletas. "Espera!". Garantes-lhe em várias línguas que não lhe farás mal. Dizes-lhe o teu nome. O homem responde em francês. Diz que se chama Orlando. É impressionante o seu rosto, mal iluminado pela luz que vem da casa, os contornos magoados pelo tempo, o destaque de um olho de vidro com a órbita saliente. Perguntas-lhe como sucedeu. Foi em Moçambique, quando Orlando viu o irmão mais velho pisar uma mina poucos metros diante dele.

— Perdeste a perna e quase cegaste...
— Naquilo que importa, fiquei cego. Nunca mais vi o meu irmão.

Explicou então que gosta de vir ali dormir nas noites quentes, para desenjoar do albergue.

— Mas não gosto de como esses fidalgos me olham — aponta para o painel. — Em especial esse aí. Então comi-lhe os olhos com um preguinho. Senti-me melhor! Tão melhor, que me deu fome de voltar e comer mais olhos. Imaginei que, talvez, se comer muitos olhos de cerâmica, o meu, de vidro, possa pestanejar...

A ideia toca-te. Não só não o demoves como o encorajas. Pedes-lhe autorização para filmar. Convida-lo para jantar. Tens uma proposta. Nessa noite, irão "comer" os olhos da Santa Lúcia, guardar os pedacinhos de porcelana e enviá-los a alguém, porventura para Nápoles. Vão reconstituir a tua versão da história, a que a História desmentiu. Orlando alinha. Nem o facto de o painel da santa estar a cinco ou seis metros de altura vos demove. O acaso quis que a igreja tivesse tido recentemente obras de restauro e que tivessem ficado os andaimes.

— Como é que ele conseguiu subir de muletas?

— Era magro e elevou-se com os braços e a ajuda da perna boa — explicas. Eu duvido. — Não conseguimos parar. Orlando era um exímio prosador. Filmei-o a falar de Moçambique, da guerra, da fuga, das ruas. Em troca, ele só queria que lhe dissesse quem eram as figuras a quem *comia* os olhos. Gostava de ouvir as hagiografias que acompanham as imagens do guia, que comprei para isso... — A minha estupefação respondeu por mim. — Não me olhes assim. Eu não piquei nada, só filmei.

— A ideia foi tua!

— Ele já o fazia!

— Podias tê-lo parado! — Procuro formas de te desmascarar: — Com que câmara filmaste?

— Com o telemóvel.

— Posso ver?

— Descarreguei para o computador. Filmo em alta qualidade e fico sem espaço. Mais logo passamos em casa e mostro-tas.

Estávamos de volta a Alfama. Pedi-te que me mostrasses outro painel. Consultaste a nossa localização e disseste que havia um próximo. No labirinto que conduz ao Beco das Cruzes, sobre o lintel de uma porta, duas figuras com a expressão vandalizada. "Este é um trabalho característico do Barroco Joanino", lês no guia. Quando o vi, não quis ver mais. Foi a minha vez de subir a colina, furibunda, regougando sozinha. Tu, metro e meio atrás, a repetir o meu nome. Porém, nada angustiado; diria mesmo, divertido.

Beirute: passados tantos anos, acordo a teu lado. No ponto morto do tempo, no instante que precede abrir os olhos, *sei* que estou em Buenos Aires e que a narrativa dos últimos anos foi um delírio infeliz. Exalo, aliviada. Afinal, vinga a versão da minha vida em que eu sou mesmo eu.

Depois, a queda: um e outro pensamento vêm rasgar a certeza. A luz magoa-me. Levanto-me e faço um reconhecimento breve do quarto, que não parece teu, apenas conter as tuas coisas. Tento acordar-te, sem sucesso. Reparo nos teus dedos pousados sobre o peito, o dedilhar suspenso num piano ideado. Por instantes quero só ficar naquele detalhe e não saber mais nada acerca de ti, de nós ou do que se passou.

Abano-te, primeiro com tento e depois com veemência, mas tudo o que consigo é que troques de posição. Como não tomo a pílula há meses, vasculho por um preservativo: debaixo da cama, do tapete, pelo chão, nos baldes, vejo até gavetas. Destapo-te, não vá estar ainda dentro dos lençóis. Mudas de posição outra vez. Grunhes. Falo alto contigo, preciso que acordes. Demoro a reunir os vestígios da minha roupa espalhada um pouco pela casa. À mala vou encontrá-la numa das cadeiras da cozinha. Baixo o olhar quando passo em frente ao espelho da casa de banho. Não quero ter de me ver neste momento.

Volto ao quarto, sacudo-te. Pergunto o que aconteceu. Entreabres as pálpebras e resmoneias "falámos". "Mais nada?", pergunto. Fechas os olhos. Num gesto de urso, pousas a mão na minha cara e pedes-me que durma. Voltas a adormecer.

Na rua, não faço ideia em que tornozelo de Beirute posso estar e que caminho percorrer de volta à minha morada temporária. Cai um sol abusivo. Vasculho na sacola por uns óculos escuros mas não trouxe nenhuns. Escolho uma direção que só pode ser *qualquer*, pois não tenho *qualquer* ideia de onde estou. Nada em redor se assemelha ao centro gentrificado que conheço. Não há cafés com patine europeia, não há tradução constante para francês ou inglês. Os caracteres árabes parecem-me lúdicos. Depois de alguns quarteirões, na montra de uma lavandaria, reconheço o ícone universal de wi-fi. Conecto-me e descubro que disto uma hora e doze minutos a pé da Rua Armenia, sabe-se lá por que bairros. Faço capturas de ecrã do percurso integral e ampliado e arranco num diálogo com os meus passos que convoca todo o corpo. Acelero. Noto as pernas a tremer e os olhos a lacrimejar mas as pessoas com quem me cruzo encaram-me com um inesperado respeito. Vou muito reta: algo definitivo se ergue. Ao atravessar Beirute naquela manhã, desfio uma série de certezas. Reflexões simples mas de compreensão demorada.

Demorou a perceber que há em qualquer fantasia um ponto de não retorno.

Demorou a perceber que ficar presa ao passado é uma resposta ao medo do futuro.

Naquela tarde, vários beirutinos irão chegar a casa e contar aos companheiros e companheiras acerca desta extraordinária centopeia que por eles passou. Um ser multiforme, ciente de todas as vozes, todas as versões, anseios e perdas. Todas as formas de amor por vir.

Não sei quem me abre a porta do apartamento onde os meus amigos se desassossegam. Tinha desaparecido da festa na noite anterior e é quase meio-dia. Desabo num abraço, recebo carinhos vários, tomo um duche demorado, faço as malas com a consciência de que voltar a casa será inaugural. Saímos para um último passeio. Comemos panquecas num bistro que podia ser numa qualquer capital europeia, mas não: entre o garbo do camareiro, os olhares rapaces entre quem entra e sai, um gatinho que nos enleia as pernas à cata de mimos e comida, uma qualquer especiaria indefinida na geleia e Asmahan ou Feyrouz a marcar o algoritmo da playlist — este café só pode ser em Beirute.

Na viagem até ao aeroporto sinto que passou um tempo desmedido desde que aterrei. E agora que encarei esta morte posso voltar para Lisboa e encarar a outra. Isso e ir a uma farmácia tomar a pílula do dia seguinte. Com mais convicção do que nunca.

Lisboa dá-me uma nova oportunidade. Trago comigo a ligeireza de um coração desabitado mas não o reconheço ainda. Manter-se-ia intolerável por alguns meses a presença próxima da morte, até irromper, alta e pouco empática, com voz de bata branca, na silhueta do prestigiado cirurgião que o meu pai alcunhava de *O Talhante*, na manhã em que nos apressamos as três — a minha irmã, a minha mãe e eu — na direção daquele corredor do IPO.

O velório é na igreja de Miraflores, a poucas centenas de metros do apartamento onde cresci. Pelas suas formas inconvencionais — um cilindro com ovais abertas no topo —, é difícil ignorá-la na paisagem. Recordo a polémica que gerou quando a construíram e a pena que tive de que o projeto não se cumprisse, no que soube ter sido a visão do arquiteto: o exterior revestido a azulejos do grande Querubim Lapa, que eu ainda vi cirandar pelos corredores da António Arroio. Resta um tambor caiado de branco. Uma escolha sem riscos nem pecados. O bairro acaba por se habituar àquele arrojado foguetão condenado a nunca levantar voo. Exímia imagem de Deus.

Junto da igreja existe um jardim onde crianças se baloiçam e um centro comercial onde se vendem pipocas à entrada de uma sala de cinema. Tem lojas de guloseimas e um supermercado onde alguém compra pimentos vermelhos para a salada, diz que são menos indigestos que os verdes. Um senhor reformado dá a mão ao neto para entrarem juntos nas escadas rolantes. Na rua, um cão atravessa a passadeira levando o dono. Seguem na direção da escola onde eu estudei dos onze aos quinze anos e onde até hoje se marcam golos, se digladiam caricas, se negoceiam linguados e apalpões. Centenas de vezes torneei aquela rotunda a caminho do treino na minha bicicleta de estrada ultraleve. Um dia, a minha irmã saiu de casa dos pais para ir viver em frente, num desses apartamentos em prédios altos tipicamente suburbanos, onde teve uma cadela chamada Eva. Lembro-me do que a minha irmã chorou quando a Eva morreu. Penso nisso agora, ao ver a minha irmã chorar.

Do que não me lembro é de alguma vez ter perguntado ao meu pai se gostava da nova igreja. Tanto que não lhe perguntei. Apesar de ele ter estado doente um período que pode ser considerado longo — alguns anos —, não falámos de procedimentos nenhuns, como iria ser se. Foi um erro cobarde que só iria gerar confusão. Mais tarde. Depois. Tudo posto. Sem ele. A cada decisão que teve de ser tomada. Será que teria querido o velório ali, naquele projéctil níveo?

Ele e eu fomos próximos da forma desapegada e intermitente que é a única que tenho de ser próxima de alguém. Era dele o eixo que estruturava o meu viajar: norte, bússola, não ter medo de me perder. Mesmo antes dos movimentos além-fronteira, foi ele o contraponto ao temperamento volátil da minha mãe. Penso: talvez ser mãe esteja ligado a ser filha. Pode ser que a filha que fui determine em parte a mãe que poderia ter sido. Tanto quanto não sido.

A mãe exige fantasias que afastem, que permitam escapar, ser parida. O vínculo ao corpo da mãe é distinto da ligação ao corpo do pai, um hiato que é o primeiro fascínio. O pai era instigante: tentar perceber o que lhe importava; ela, o oposto. Não havia escudo contra uma insatisfação que consigo hoje compreender — ironia das ironias, tornei-me igual —, mas que para uma criança, até para uma jovem, era esmagadora. Nada do que pudéssemos ser ou fazer a consolava. A sua dor corria mais profunda.

Muitas vezes desejei que ela tivesse feito outras escolhas, nem que fosse para descobrir se alguma a teria satisfeito. Fantasiei a vida que teria tido se não se tivesse dedicado tanto a nós, a mim e à minha irmã, à família e à casa. Como teria sido, perguntei vezes sem conta, se não se tivesse abnegado. Então, desejei com fervor que esta mulher não tivesse casado e tivesse reclamado a existência e os sonhos que, com rancor, nos cobrava. Quis que não tivesse trocado os seus estudos pelos nossos, as suas viagens pelas minhas. Desejei-o com tanto ardor que era quase como se não me apercebesse de que, se ela o tivesse feito, eu não existiria.

Talvez os filhos prolonguem as vidas não vividas dos pais. Talvez certas bifurcações se repitam a cada geração, até que alguém ramifique para o lado inestreado. Poderei recusar a herança? Renegar cada atavismo, os fios entrelaçados nas agulhas das minhas duas avós costureiras, a rede salgada do meu avô pescador, o bordão do meu bisavô jornaleiro, cada idiossincrasia de cada tetra-penta-hexa-hepta-octa-nona-de-cavô? Toda a entrega e toda a traição que carrego no sangue, posso interrompê-la?

Perturba-me mais saber que se extingue a águia-imperial, o cavalo-marinho na Ria Formosa ou a baleia-franca do Atlântico norte, do que a singular — e ainda assim banal — combinação genética que eu sou. Decidir não ter filhos é distender um ramo que termina em mim. Dará flor?

A morte do meu pai dá lugar a uma luta duradoura com as palavras. Enquanto oscilo entre uma imensa serenidade e uma infinita tristeza, não percebo o que dizem. *Os meus sentimentos, os meus sentimentos, os meus sentimentos.* Nada. *Lamento muito, lamento muito, lamento muito.* Nada. *O pai morreu, o pai morreu, o pai morreu.* Nada de nada. As palavras atraiçoam-me. Paro de escrever. Desde que sei escrever que anoto os dias em cadernos. De um pueril "hoje fui comer bolo de chocolate à vizinha e estava muito bom!", com sete anos, às angústias do corpo a mudar, a obsessão com a cronometragem do treino desportivo, passando pelo repositório de citações de leituras transformativas; nunca se passam dias sem que me apoie nestas anotações. Nos vintes, os cadernos largam o quotidiano e começam a ser preenchidos por ideias, frases soltas, o ocasional delito poético e breves ficções. E aos trinta e seis anos, pela primeira vez desde os sete ou oito, dou por mim sem saber lidar com estas páginas, agora uma luminescência no ecrã, um documento de texto digital. Sinto-me incapaz de o abrir e de teclar essa frase-portal: *O pai morreu.* Ainda não significa nada e é inultrapassável. Passo um ano sem escrever.

DIA 8

— Oitavo dia: fomos onde, lembras-te?

Estamos na minha varanda em Lisboa, numa esplanada nas docas de Marselha, na tua cozinha na Brandsen, num café sombrio no Cours Julien, num episódico beco de Gemmaizeh. Eu estou em Berlim, de onde não consigo sair, e tu não estás em lado nenhum. Estamos mesmo muito cansados. Eu estou incapaz de parar:

— Por que não estavas quando voltei? Por que nunca mais disseste nada?

— Basta! — O teu punho sobre a mesa. As pessoas em redor a olhar. — Chega! Que queres tu ouvir? Não sei que mais te posso dizer...

— Ainda não disseste nada.

— Não paro de me repetir.

— Não respondes às minhas perguntas.

— Tu não ouves.

— Diz só: o que aconteceu?

— Mas eu já te disse... Já te disse!
— De cada vez que contas, é diferente...
— Como tu!
— Já te dei as peças do meu puzzle. Não podes dar-me as peças do teu?
— Tu não as queres, não percebes isso? Ninguém passa tantos anos agarrada a uma miragem se não gostar de ser Quixote...
— Literatura não, por favor...
— Que queres que diga?
— O que aconteceu.
— Para daqui a uns tempos voltares a implorar que to repita? Para de me pintar de vilão.
— Foi por isso que não me respondeste todos estes anos?
— Teríamos tido esta mesmíssima conversa.
— Podias ter-me poupado. Senti-me tão desamparada.
— E eu senti-me tão usado.
— Eu só queria que me explicasses...
— Se eu ta der, essa explicação, aceita-la de uma vez por todas? — Uma longa pausa. As pessoas que passavam fingiam mal não olhar para nós. — Não fui embora no dia em que parti mas no dia em que cheguei a um novo sítio e decidi lá ficar.
— Vês? O que é que isso quer dizer?
— Nada daquilo era real.
— Sonhei tudo?
— Romantizaste. Dez anos a regar o passado faz com que floresça.
— Então como te lembras tu?
— Tudo mais banal, menos épico. Mais irregular, com arestas.
— Eu também me lembro dessas partes.
— Mas não falas delas.

— Se ouvires, falo.
— Para quê inventar se a vida já foi toda inventada?
— O que é que isso quer dizer?
— As experiências são o que são; depois disso, é a memória.
— Sei que a meio caminho entre o que tu contas e o que eu conto tem de haver algo factual. Haverá quem me tenha visto a passar na Brandsen, alguém a quem vendi um livro na *cartonería*, o senhor do café onde ia beber o meu *submarino*. Haverá um homem, algures, que ainda se recordará de ter dançado comigo numa milonga. Há fotografias, cadernos, cartões de restaurantes onde fomos juntos. Há testemunhas.
— Tu queres ter a última palavra.
— Estou disponível para ouvir a tua versão...
— Não é uma *versão*! É a minha vida, é o que eu vivi e trago comigo, entendes?
— Diz, então, que viveste tu?
— Eu sei que tu queres que o nosso passado seja especial e único e que alimente literatura até ao século 22, mas não foi só isso. Foi também muito banal. Isto acontece a imensos casais, acontece a imensas mulheres!
— A que te referes agora?
— Sabes bem.
— Não, diz. Tens de ser específico, não aguento mais generalidades.
— É muito comum gravidezes interrompidas nos primeiros meses. Acontece. É duro. Mas as pessoas conseguem recompor-se e tentar de novo.
— Ajuda que os companheiros não desapareçam.
— Ninguém desapareceu. Mas alguém se enfiou num casulo.
— Onde é que tu estavas?
— Onde é que *tu* estavas?
— Imaginas o que eu passei?

— Imaginas o que *eu* passei?
— Para de repetir o que eu digo!
— Ouvi tanta coisa ao longo dos anos que acho que nem tu sabes o que passaste.
— Põe-te no meu lugar...
— Não, põe-te tu no meu. Olha para o teu comportamento e põe-te no meu lugar: quem me garante que não saíste de Buenos Aires rumo a uma casa de desmanche?
— O que estás a insinuar?!
— Como é que sei que a perdeste e não que a deitaste fora?
— Não devo estar a perceber bem...
— Diz-me só uma coisa: com que dinheiro o fizeste?
— És mesmo um...
— Tu não querias. Tu nunca quiseste!
— Talvez não. Era um logro. Percebi mais tarde que o que eu queria era o próprio querer. Queria querer! Queria disputar futuros contigo e aquela era a tua condição.
— Digo-te mais: eu sei que não aguentas saber isto acerca de ti própria, para assumires o papel da vítima, mas sabes como regressaste?
— Desfeita..?
— Aliviada. Estavas livre.
— Tu não viste. Tu não estavas lá quando eu voltei.
— Aqui vamos nós de novo... Eh pá, sabes que mais...?

Levantas-te e diriges-te ao balcão do quiosque. Sacas a carteira.

Decido que se te afastares não vou atrás de ti.

Decido que esta conversa pode ser a última.

Temo-o e desejo-o.

Voltas e sentas-te. Os pés metálicos da cadeira arrastam no chão. Começas a enrolar um cigarro, os dedos trémulos. Humedeces os lábios. Esvazio o bule de chá. O tinido das chávenas nos pires e o tilintar das colheres. O som de uma ambulância sobrepõe-se ao bruaá do fim do dia. Quebro eu a trégua:

— Sim. É verdade. Com os anos, entendi que foi melhor que tivesse acontecido como aconteceu. Não nego. Mas demorou. Muito tempo. A encontrar paz.

— Demorou tempo a reconheceres que a tua culpa a projetaste em mim, que me tornei o verdugo das tuas terríveis lendas.

— Que lendas? Não falei com ninguém durante anos...

— Isso é mentira e tu sabe-lo.

— Oh. Só queria saber onde estavas!

— Longe da tua fúria. Sabes, às vezes tenho vontade de ser esse homem. De tanto que o burilaste... Já viste que bem que te serve não te lembrares de Beirute?

— Por isso é que te peço ajuda...

— E se eu te dissesse que, naquela noite, tivemos uma longa conversa, que pôs tudo no lugar, que concordámos finalmente; e que de manhã tu desapareceste sem dizer nada?

— Perguntar-te-ia o que dissemos.

— Por que tenho de reproduzir uma conversa que tive justamente *contigo*...?!

— É estranho, eu sei. Mas se não me lembro...

— Sabes bem que há conversas muito íntimas, e muito duras, que não se tem duas vezes.

— Ora, que conveniente.

— A sério. Gosto muito de ti mas deve ter um nome essa patologia.

— Gostas muito de mim?

— Narratividade compulsiva existirá?

— Vamos começar a insultar-nos? Achei que queríamos evitá-lo...

— Achas que só tu é que queres explicações? Também gostava de entender por que és assim...
— Assim como?
— Por que é que nunca te satisfaço.
— Sentes isso?
— Pedes que desapareça, eu desapareço. Persegues-me. Vens furiosa e a acusares-me de abandono. Eu compareço. Deixas de estar furiosa, passas a estar desesperada. É para te dar a mão num abismo qualquer. Se não dou, enfureces-te; se dou, levas-me contigo. Arrastas-me até não aguentares mais e pedires que desapareça. Eu desapareço.
— Foi isso o que aconteceu?
— A sério que não te lembras?

DIA 9

P̶us um robe de verão por cima da camisa de noite e fui abrir-te a porta.

— Já jantaste?

— Estava a deitar-me...

— Tão cedo? — Não esperaste resposta. — Tens que se coma? Posso fritar um ovo?

Tentaculavas já a cozinha. Pus-te pão e prato na mesa, copo e talheres. O saca-rolhas, um guardanapo. Ofereci-te um resto de caril de grão, puseste-o ao lume. Pediste para ligar o telemóvel às colunas. Aos primeiros acordes, a casa inundada de memórias enternecedoras mas não desprovidas de dor. Tu, ao centro da minha sala, como se não existisse tempo. A voz de Chavela Vargas na canção que deu nome ao antro onde passámos muitas noites — El Último Trago — na minha versão predileta, a última, em que na voz massacrada se sente a vida inteira: a dela e a de todos nós.

— Por que é que escolh...?

Pousaste nos meus lábios o dedo. Numa proximidade que andámos nove dias a evitar, tomaste-me nos braços. Um abraço que não era de amantes, não podia ser, mas ainda assim era próximo. O teu cheiro, o calor do teu toque. Pendulámos de uma perna para a outra, sem nos movermos. Era quase uma dança interior. A música levou-nos longe. Tentei ser só um corpo que fazia com este som aquilo que a voz de Chavela fazia pelos nossos espíritos.

Mas chegaste com uma garrafa de bom vinho e era evidentemente uma melodia conclusiva.

— Escolhi esta música porque não conheço nada mais parecido contigo. — Suspirei. Outra explicação que ficará por entender. — E também porque quero dizer...

— Compraste a passagem.

— Sim.

— Quando?

— Amanhã.

DIA 10

Demoro um ano a abrir um dos cadernos e a mergulhar de cabeça naquela frase, *o pai morreu*, para descobrir o que vem depois.

Persistem palavras. Ainda há com que escrever. Aparecem entoações novas e antigas; lugares dos confins do mapa percorrido, orações desmemoriadas, rostos, nomes, fragmentos; as histórias das pessoas que passaram por mim — do Juan, do Barilaro, da Evie, da Very, do Thomas, da Petra, da María Francisca e a tua. A nossa. Reconheço as linhas de seiva que unem uma recordação à outra. Quando escrevo *nunca lhe irei dar um neto*, sinto urgência em regressar aos trilhos, elencar as fronteiras, carimbar passaportes, prostrar-me perante cada monumento, repetir-me em cada lugar; mas agora olhando tudo com a febril consciência da morte. Volto ao Zócalo e suponho debaixo dos pés os impérios, a fúria soterrada dos deuses. Em Istambul, sigo o mirífico chamamento do muezim. Atravesso Gent com uma bicicleta roubada que abandono junto da estação. Sento-me numa esplanada da Plaza Mayor, em Salamanca, a escrever postais aos amigos como se de muito longe. O eco da minha gargalhada viaja até ao Taj Mahal, onde caminho descalça na laje fresca. Em Hiroxima sento-me à retaguarda de uma sala de conferências a ouvir o relato de um sobrevivente. São pessoas, são lugares, são tudo nomes.

Escrevo igualmente sobre a pachorra secular da tartaruga-marinha com quem nadei na costa mexicana, o macaco que saltou para o meu ombro, a primeira vez que avisto golfinhos no Tejo, o voo de um condor, assistir ao nascimento de um cabrito, todas as crias. O abraço verde das florestas, as mantas de água vistas do avião, o chão de nuvens. As praias de Goa sem o trance; a subida ao Pico nos Açores; as calanques de Marselha. Volto ao frio de Berlim e ao calor de Buenos Aires. Entre linhas traçadas sobre sucessivos cadernos reencontro o caminho de volta à Brandsen. Bato à tua porta e pergunto uma última vez: Onde foste? O que aconteceu? Tu não respondes.

Volvida uma centena de páginas a este diário de um mundo sem pai, acordo com uma mensagem do teu número francês, mudo desde Beirute. Sucinto, avisas que estarás em Lisboa por ocasião do meu aniversário. Com o solstício, vens mesmo. Invento para ti percursos que preenchem dez dias e, no último, regas as flores do meu terraço, plantadas com o meu pai a quatro mãos, sentas-te à minha frente, e o que eu mais quero já não é saber por que desapareceste nem o que aconteceu, mas perguntar: O que é o luto? Como te deixo ir? Como o deixo ir? Não pergunto. Tu, a teu jeito, respondes.

Aspergias água com delicadeza sobre as minhas plantas: a tua forma de ser meigo com as coisas e bruto com as pessoas. Debrucei-me sobre a mesa de madeira carcomida do terraço da minha casa em Lisboa. O peso destes anos curvava-me as costas. Há quem nunca tenha conhecido a dor mortificante de um amor impossível ou por corresponder — penso. — Isso será fruto de uma sensatez que, naquele momento, invejo. Deve passar por abrir-se apenas àqueles que já nos escolheram; não arriscar o corpo num combate com feras cujas garras estão por revelar. Matar antes de ser morto.

Paraste de regar e perguntaste em que estava a pensar. Tentei agarrar a cauda ao último pensamento. A lebre fugia. Pensava no nosso amor ou no amor em geral? Disse que não imaginava a vida sem isso. Sem o quê?!, perguntaste, confuso. Sem o salto de fé! Sem gostar de alguém a pleno peito, com repúdio a qualquer prudência, a cuspir no rosto da cautela. Olhei para ti, endireitei-me. Perguntei o que achavas tu do amor não correspondido e não hesitaste: é a forma de amor mais duradoura, até a mais pura. Reentraste em casa para fechar a torneira e quando voltaste acrescentaste ainda que é o amor mais fértil para a ficção, mas também aquele que enlouquece. Que enlouquece?, sim, porque gera uma relação neurótica com a impossibilidade, que é intolerável, porque a entrega é total. Ao que eu acrescentei: Só é total por não poder ser concretizada. Tu sorriste com um canto da boca apenas. Eu continuava sem saber se estávamos a filosofar, a passear generalidades, ou a falar de nós.

Neste ponto da conversa ainda não tinhas dito uma certa frase. Eu ainda só tinha tomado um café e tu ainda só enrolaras dois cigarros. Olhaste em redor e suspiraste. Estavas tenso. Havia entre nós uma tensão assídua de que te defendias ocupando as mãos. As plantas estavam saciadas e faltava-te a guitarra. Adivinhei o teu próximo gesto: irias enrolar um cigarro. Sentaste-te à minha frente e eu continuei a observar-te com uma atenção de filigrana, na esperança de que um gesto te ocupasse de forma inesperada ou uma expressão desusada me revelasse a saída. Estudei-te, aguardei, não dissemos nada. Pelo menos assim, calados, não era tão ostensiva a discórdia.

Muito tinha sido dito nestes dias. Já te abordara de forma oblíqua, já te confrontara diretamente. Já nos enfurecemos, já nos abraçámos. Já nos falseámos, já nos consolámos. Ainda não estou em paz — disse-te isso. Foi então que te saíste com aquela frase. Disseste:

— O problema é que há aqui um desequilíbrio.

— Um desequilíbrio?

— O problema é que eu fui muito mais importante para ti do que tu para mim.

Esta era a frase invencível e eu tive de ouvi-la, molhar um resto de pão no café, alinhar migalhas na borda do prato, girar a asa da taça até ela quadrar na mão e olhar-te nos olhos. O problema era que tinhas razão.

Das muitas sentenças difíceis que ouvi nestes dias, nenhuma me preparara para esta. Esforcei-me em não deixar transparecer o seu impacto. Baixaste o olhar. Da mochila sacaste um molho de folhas amarfanhadas, preenchidas numa letra miúda e assertiva, cheias de emendas. Um texto visivelmente mastigado e maturado. Enquanto te ocupavas com a ordem das páginas, desejei dar-te a ver a contradição entre esta frase terrível e o afinco que puseste no texto que anuncias ter escrito *para mim*; bem como a incoerência entre a pouca importância que me atribuis e teres vindo a Lisboa sem voo de volta. É um conto, explicaste. Chamei-lhe *Roma*. Leste-mo em castelhano.

ROMA

Esta é a história de uma menina que nasceu no outono *porteño*, mas que de Buenos Aires guardou pouca ou nenhuma memória. Os pais partiram com ela bebé. Brincaram ao nomadismo pelos países vizinhos até assentarem em Salvador da Bahia. As primeiras canções que Roma cantou foram em português adoçado ou, como lhe chamam, brasileiro.

O pai dela era um talento prolífero. Tocava, desenhava, escrevia, filmava; mas foi pela poesia que alcançou renome, mesmo que não remuneração. A mãe escrevia. Uma mulher difícil, incapaz de trazer dinheiro para casa, apoiava as diferentes empresas do pai, exercendo tarefas de produtora, agente e secretária; interdependência que manteve o casamento para além do fim da paixão.

Iria ser sempre difícil para Roma imaginar que os pais estiveram um dia apaixonados. Tinha seis anos quando foi com o pai pela mão regatear o preço de um conjunto de mesa; o deles despedaçado na noite anterior num acesso de fúria da mãe. A portada para a rua tinha de ser reparada com frequência e uma vez foi substituída, tal o ímpeto com que o pai a fechava ao pôr fim a uma das muitas contendas. Saía e demorava a voltar.

O que ia aguentando as contas era a digressão da fanfarra. Foi numa destas viagens que o pai conheceu Dasia. Descendente de libaneses, os tetravós dela tinham chegado a Minas Gerais como vendedores ambulantes[1], tinham enriquecido e migrado para São Paulo. Era ali que Dasia vivia, recém divorciada e com uma filha da idade de Roma: oito anos.

O pai começou a passar temporadas mais longas fora de casa e um dia levou Roma consigo. Em São Paulo ela desco-

---

1 "Mascate", no original.

briu que tinha um irmão bebé chamado Dante. O pai explicou-lhe que a mãe partira de vez para a Europa e que a vida deles agora era ali.

A menina silenciosa tornou-se numa rapariga discreta, de poucos afectos e menos entusiasmos. O primeiro beijo foi aos quinze anos, mas roubado. A sua beleza, resultado do desenho sóbrio das linhas do rosto, o cabelo e os olhos negros do pai e os dedos longos e finos da mãe, podia ter ateado os corações adolescentes do bairro; mas quando entrava num sítio, o maior talento dela era desaparecer.

Quando celebrou os dezasseis não houve festa. A situação económica do país degradara-se e isso acicatara perseguições xenófobas. O bairro libanês foi alvo de atentados e incendiaram a loja do seu avô por afinidade. Roma viu um dos seus lugares favoritos arder sem que ninguém lhe explicasse como era possível que os fautores saíssem impunes, subissem ao poder e decretassem leis à medida da sua ignomínia. Abandonaram São Paulo rumo a Antuérpia. Durante semanas, Roma não disse uma palavra. Fez gemer uma cadeira de baloiço até que lhe trouxessem um piano, o único que podiam pagar, o que nele empenara nem podia mais ser ajustado. Mas funcionou. Roma conseguia tirar dele invulgares notas de dor e falta de sentido.

Com vinte foi aceite no Conservatorium van Amsterdam, recebeu uma bolsa de estudo e um quartinho ao fundo de um corredor numa residência de estudantes onde ninguém deu por ela. Terminado o curso, integrou uma conceituada orquestra itinerante. Uma vez por ano vinham a Lisboa tocar à Fundação Calouste Gulbenkian. Roma avisava a mãe com antecedência e, à excepção da vez em que se desculpou com uma gripe, a mãe veio sempre. Assistia ao concerto e esperava na porta dos artistas. Davam-se as mãos e olhavam-se como velhas amigas.

Quando celebrou trinta anos, o pai veio passar um mês com ela à Holanda[2], aproveitando uma rara pausa nas digressões de um e de outro. Conversaram muito. Ele descreveu-lhe pela primeira vez o jantar de amigos onde conheceu a mãe, uma jovem espirituosa com uma alegria contagiante, e evocou uma certa luz que inundou tudo no primeiro ano de namoro. Falou-lhe da primeira viagem que os dois fizeram juntos, a Tucumán, e da vida em Buenos Aires antes de ela nascer.

Durante um ensaio da orquestra, a meio de uma frase, acometeu Roma o impulso de parar. Os seus dedos decidiram, um por um, repousar sobre as teclas. E a música continuou. Por motivos inexplicáveis, o maestro não parou — não é possível que não tenha notado — e o ensaio prosseguiu. Roma ficou ali, imóvel, uma estátua em memória de si própria.

Largou a orquestra. Começou a lecionar no conservatório e rapidamente, apercebendo-se das discrepâncias no acesso ao ensino, dedicou todas as horas livres a aulas para alunos de meios desfavorecidos. Lançou uma associação, reuniu fundos, mudou indubitavelmente a vida daqueles miúdos. Mas nem salvar o mundo salvando pequenos mundos a consolou.

Procurou ajuda. Os médicos ofereceram-lhe diagnósticos e um cocktail colorido de medicamentos, mas nunca nada que lhe permitisse sentir por que chegava a existir, ou para quê.

Agora tinha cinquenta anos. O aniversário foi passado junto de cavalos, uma paixão que descobriu tardia mas intensamente. No regresso a casa, esperavam-na no telemóvel desligado várias mensagens de Dasia. Passou os meses seguintes em Antuérpia a cuidar do pai alectuado.

Depois da morte do pai, empilharam-se meses sem história. Voltou a Amsterdão para descobrir os resultados

---

2 "Países Bajos", no original.

de se ter esquecido de pagar ao jardineiro. Sentada na velha cadeira de verga[3], o único pertence que trouxera consigo, rodeada de ervas daninhas, coordenava o ranger com o fumo elevatório da saraivada de cigarros. Há vinte anos que tinha deixado de fumar.

Restava-lhe ir ter com a mãe. Tinham tido pouco contacto nos últimos anos. Soube por uma tia que ela vendera o hectare alentejano para pagar uma pensão geriátrica no Estoril. Num quarto mínimo com vista para o mar, encontrou-a à varanda. Confundiu-a com uma enfermeira. Roma teve de explicar quem era. A mãe encarou-a com suspeita. Estendeu os longos e nodosos dedos para a sua face e sorriu.

As funcionárias do lar tinham-lhe garantido que era uma senhora forte e tinha poucos problemas de saúde — "à exceção da cabeça, já se sabe, vai ali uma grande confusão..." O tempo tinha vindo habitá-la sem maciez, cravando na sua cara uma expressão permanentemente preocupada. Os olhos verdes, brilhantes, deitados numa cama de rugas. Ria-se bastante, a despropósito. Contava fábulas mirabolantes. Falava às vezes como se tivessem crescido juntos; uma família feliz, elas e o pai.

— E essa Dasia, quem é? — perguntava, confusa, quando Roma tentava restabelecer a ordem. — Sabes que o teu pai percorreu a Europa para nos encontrar? Eu fugi contigo. Eras bebé. Desapareci. Ficou como louco.

Roma esteve dez dias em Lisboa e em todos a visitou. A cada dia a sua biografia era outra, como se não se esgotassem as variações possíveis para a infância, a vida, quem ela era.

— Como tu adoravas a casa de Nápoles, Roma, o teu pai nunca a devia ter vendido...

---

3 "Mimbre", no original. Pode ser traduzido por "vime" ou "verga".

— Mas, mãe...

Nos últimos dias foram-lhes concedidas longas horas de lucidez. Ao décimo dia tiveram esta conversa:

— Roma, foste mãe? Tenho netinhos?

— Não, mãe, não tens.

Teve vontade de perguntar *porquê?*, mas apercebeu-se de que toda a vida essa pergunta a enfurecera. Quererem tanto saber porque não têm filhos as pessoas que não têm filhos. Afinal: por que têm filhos as pessoas que têm filhos?

— Fizeste bem — rematou depois de uma longa consideração.

— Se pudesses mudar uma coisa na tua vida, mudavas isso?

— Isso, o quê?

— Eu.

— Oh, Roma, que disparate. E quem contaria a tua história?

— A quem importa a minha história?

— Imaginas tu de que maneira marcaste as pessoas que te ouviram tocar? E a mim? Sabes, quando soube que estava grávida, experimentei uma força como nunca tinha sentido.

Calaram-se. A mãe caiu num torpor ausente. Lá fora, o ruído da passagem dos carros na curva da marginal confundia-se com a lonjura do mar. Roma desejou que aquela conversa lhe bastasse. Levantou-se e anunciou que ia buscar água. Tentou sossegar. Toda a vida a perseguira esta sombra, um avesso do que era; mas talvez não precisasse assim tanto de o ouvir. Quando voltou, pousando dois copos cheios sobre uma mesa de apoio, propôs:

— Imagina que podias ter conhecido essa força sem eu ter chegado a existir. Imagina que me perdias. Talvez fosse traumático, para lá da tua vontade. Um desastre de automóvel ou assim. Talvez o pai morresse nesse acidente.

— As tolices que tu dizes... Para quê tanto drama?

— Não poderia ser de outro modo, mãe. Terias precisado de uma história rocambolesca. Logo tu. Ter-te-ias escondido nela e feito o que no fundo querias.

— E isso seria...?

— Não ter sido mãe.

Os dedos engelhados esgravatavam a manta que cobria as pernas magras da velha[4].

— Diz, por favor. Que no fundo não me querias. Que preferias ter-me perdido. Que preferias ter qualquer coisa incrível para contar. Experimenta dizê-lo.

— Não fui eu que não te quis. O teu pai...

A expressão subitamente vítrea e o rosto despejado. Perdido. Viu-se a si mesma, no fulgor da juventude, a fugir dele e a entrar num barco. Uma adaga derrotou-lhe o peito. Foi ela, foi ela, foi ela quem entrou naquele barco.

— O meu pai o quê, mãe?

Voltou a si. Debruçou-se sobre a filha e agarrou-lhe as mãos.

— Ouve, Roma, quando se toma uma decisão destas não se olha para trás. As mulheres que tiveram filhos falam do dia do nascimento como o melhor momento das suas vidas; mas nas entrelinhas encontras momentos de dúvida, cansaço e culpa. Faz parte. E as mulheres que não tiveram filhos contam histórias de superação e liberdade. A entrelinha está igualmente cheia de inseguranças. É igual, não vês? As mulheres que queriam ter filhos e não puderam têm uma história; as mulheres que no fundo não queriam ter filhos e acabaram por os ter, também. A vida vai... — A mãe afaga as mãos da filha e volta a reclinar-se na cadeira, a ajeitar sobre os joelhos a pesada manta. — Se tivesse esco-

---

4   "Anciana", no original. Existe "anciã", mas preferi "velha". Faz-me lembrar os amigos argentinos que se referiam aos pais, carinhosamente, como "mis viejos".

lhido não te ter, quem estaria agora aqui a confrontar-me? A dar fôlego a este momento?

— A minha história podia ser essa: a de alguém que não foi.
— Achas?... Isso acaba bem?
— Não ser mãe nunca acaba.

Maputo:
equinócio de primavera

O tempo não facilita a tarefa de pôr palavras no lugar da incompreensão. O luto não se deixa escrever. Abuso da palavra *morte* para a provocar, atiçar, a ver quando se atira a mim.

Perante a debilidade crescente do meu pai, não me passou pela cabeça pedir-lhe que revisse as seiscentas páginas do livro que então ultimava. Foi o único que ele não leu — ou o primeiro. Senti falta das nossas conversas, mesmo de quando se declarava perdido na minha forma de escrever ou me pedia invariavelmente para não complicar. O certo é que acabava por encorajar-me a escrever como eu queria; e eu a prometer que, um dia, haveria de alcançar o tal texto linear e comedido que ele advogava.

Mas não é este — que já chegou descomedido, na tarde em que tu abalaste para o aeroporto e me deixaste com as folhas amarfanhadas daquele conto em castelhano e o eco de uma frase contraditória. Quando estabeleceste que "o problema é que eu fui muito mais importante para ti do que tu para mim", estavas a impor a tua versão sobre a minha, adulterada pela paixão. Por outras palavras, dizias que a verdade é dos que não amam.

Nessa tarde, incapaz de serenar, releio o conto várias vezes. Tens razão: quero ser eu a contar a história de Roma. Não pode ser tua a última palavra. Abro um documento de texto e deixo que se verta dos dedos, "o problema", numa percussão familiar, "importante para ti", apaziguadora, "tu para mim", e só paro uma vintena de páginas depois. Desse documento, que apreciativamente apelido *vomitado.txt*, pouco ou nada resta, exceto a tua frase, que monumentalizo como a linha incisiva do lombo de um bisonte nas cavernas de Altamira.

Um ano volvido, o mesmo documento com o triplo de páginas e outra designação: *roma.txt*. Durante meses sem avançar, e frustrada por isso, busco pistas sobre o passado e reúno coragem para consultar os cadernos que preencho e enterro na dispensa; os que dedico às *com-ficções*. O facto de estarem mal etiquetados e de serem morada para uma populosa comunidade de lepismas ajuda a manter distância da ocasional pulsão de os revisitar.

Não é ameno reler-me. Caderno após caderno, uma capacidade formidanda de inaugurar certezas. Anos a anotar as mesmas epifanias; que se erodem e reaparecem no caderno seguinte como fulgurantes revelações. Pouco ou nada descrevo os lugares por onde passei ou vivi. Num dos cadernos de Berlim encontro anotado: "Se as nossas vidas percorrem sensivelmente os mesmos caminhos, fará sentido dar nome às ruas?". De facto, o que menos se encontra nos cadernos de Buenos Aires é Buenos Aires. Cartografo pessoas, percepções e afectos; anoto ideias para textos, letras de tango, listas de obras a ler; mas nenhuma praça, nome de bar ou de bairro, descrição de fachada ou presença arquitetónica. Escrevi dentro de um cubo branco, com uma única janela voltada para as minhas fantasmagorias.

Ainda assim, não é isso o que mais me choca nesta releitura, mas um parágrafo discreto, escrito após ter-te conhecido na Feira do Livro Independente e Adstringente e Amorosa. Dou conta de ter reparado no caminhar de um homem e de ter ficado absorta, tomada por uma intuição que caracterizo de "numinosa" (andava a ler Jung!), "suspensa no tempo" e que, quando ele se aproximou, uma voz límpida me ditou: "É alguém como ele". Espera: para tudo. "Alguém *como* ele?". Há anos que garanto ter visto um homem ao longe e ter sabido... "É ele". É ele, é ele, é ele; e não *como* ele!

Merda, penso, isto muda tudo.

Diversas entradas nestes cadernos abrem com a palavra "hoje", mas poucas têm uma data associada. *Hoje terminei de ler o livro tal; Hoje conheci uma pessoa que; Hoje, na rua, ouvi comentar; Hoje pensei bastante em; Hoje decidi que nunca mais serei alguém que; Hoje, acabou.* Tenho um fascínio particular por este *hoje* da escrita, pois raramente — a não ser que se trate de um e-mail ou uma SMS — o hoje de quem escreve é o hoje de quem lê. Mas é sempre hoje para quem escreve "hoje" e é hoje para quem lê "hoje". Isso faz-me sentir incrivelmente próxima de quem quer que esteja a ler isto, que escrevo hoje e que ainda vou rever durante muitos meses, e que vai ser sempre lido hoje, mesmo daqui a cinquenta anos.

Tanto a acontecer, a qualquer momento, dentro da palavra "hoje".

Hoje dei conta do choro recorrente que chega de um apartamento próximo. Se não vem do meu prédio, vem do prédio ao lado. Ouço o pranto de neonato, a aflição chega-me sem que consiga situá-la, propaga-se pelo quarteirão, juntando-se à cacofonia de televisores, dos pneus dos carros a rolar pelo paralelepípedo e dos ensaios de violoncelo da vizinha bonita mas não demasiado talentosa do rés do chão. O choro vem interromper o meu parágrafo e eu, que decidi o que decidi para que nenhum choro viesse interromper os meus parágrafos, sinto nostalgia. Uma mágoa.

Este choro irá tornar-se uma presença e, desta forma, um pouco daquela situação viverá comigo. Aquela história fará parte da minha. Terei de decidir se é menino ou menina e terei de o nomear. Pequim ou Leon, se for menino; Cuba ou Alasca, se for menina. Talvez chegue a escrevê-la, em algum caderno, à história de Cuba.

Não se imagina a falta que faz alguém que não chegou a existir. Olhar para uma cadeira apenas para perceber que é onde ela poderia estar sentada. Imaginá-la à medida que os anos passam, ter uma fantasia que cresce e se transforma, que atravessa etapas. Uma ilusão que aprende a dar o nó aos atacadores e tira as rodinhas à bicicleta. Quem teria sido, ou melhor, quem é que deixou de ser? Teria o meu nariz? As tuas mãos? Os meus problemas de pele? O teu temperamento? Alguma das nossas veias artísticas? Seria disciplinada ou rebelde? Seria um dia mais alta do que nós? De que forma singular arrastaria eu o nome dela quando pela enésima vez a chamasse para a mesa? Teria pedido um irmãozinho? Um cachorro, uma tartaruga? Teria sido uma adolescente difícil? Teria escutado música que nós também quiséssemos escutar? Ouviria tango? Seríamos amigas, ou a nossa relação seria tensa, como a de tantas filhas com tantas mães?

Uma pessoa que passa muito tempo a antecipar as características dos filhos deseja tê-los ou gosta simplesmente de os imaginar?

Hoje estou em Maputo, onde partes deste texto estão a ser escritas. *Foram escritas* seria mais adequado ao futuro em que poderão ser lidas. Sendo esse o problema, é que *ainda não* foram escritas. Esse *prestes* não é brando. Parece que o mais difícil ainda não foi dito.

Cheguei há poucos dias a Moçambique, ao abrigo de uma residência para escritores, atribuída por candidatura. A vencedora foi uma outra escritora que, no momento em que soube que tinha ganho, soube também que estava grávida. A suplente era eu.

A ideia com que me candidato propõe um texto (linear e comedido) passado em Maputo, mas cada vez que me sento a escrevê-lo, é este que aparece. Sinto-me bloqueada e só me ajuda pensar em potenciais: palavras que não chegam à forma, sombras que não chegam à luz e histórias de amor que não resistiram à pressão tectónica intercontinental. Há que dizê-las, iluminá-las, oferecer-lhes um berço. Percebi isso aqui, em Maputo, melhor que em qualquer outro lugar. Mas da pior maneira.

Foi no Museu de História Natural. Dediquei os primeiros dias a percorrer aquilo que o Google etiqueta de *atrações*. Quando penso em atrações surgem-me cabelos ao vento, uma cena de filme, uma pista de dança, silhuetas langorosas no areal da praia; só não penso em edifícios de estilo neomanuelino que abrigam a taxidermia colonial. No entanto, esta atração do Google é isso mesmo.

A principal sala do museu culmina numa estrutura abobadada que derrama luz sobre uma reprodução da savana africana, os bichos em tamanho real. Não são meras reproduções, são os próprios animais, embalsamados. Girafas, hienas, leopardos, hipopótamos, rinocerontes e gazelas. Um búfalo ataca e é atacado por leões de garras afiadas, um deles em pleno salto e a abocanhar.

O visitante que circunde a arena encontrará a esmagadora mas mais discreta brutalidade proposta por uma sucessão de pequenos elefantes numa montra. Não são, estrito senso, elefantes, mas fetos. É exposta com tão pouco alarido que qualquer um pode passar sem se interessar pela legenda e perceber a dimensão da violência que originou esta coleção descrita como "única no mundo". O feto de dez meses parece até sorrir, um sorriso que mereceria mais especulação que qualquer tese giocondiana.

Até à chegada de um trio de alunas de colégio, estou sozinha no museu. Três meninas fardadas, saia plissada azul--escura abaixo do joelho, camisa azul-clara, meia branca, sapato mocassin preto, uma indumentária claramente importada e sem qualquer nexo com os quarenta graus que estalam lá fora. Estão impressionadas com os elefantes pequeninos: o feto com um mês de gestação é do tamanho de uma unha, e o de três meses caberia na palma da mão de qualquer uma delas. Um elefante na palma da mão: percebo que achem a ideia bonita, excitante.

Aproximo-me com a intenção de as fotografar, mas fico a vê-las. Quando seguem caminho, numa carambola de gritinhos, deixam para trás o meu olhar preso à coleção. Uma espessa melancolia toma conta de mim, uma tristeza sem história, que nem sequer se prende com considerações éticas sobre a forma como aqueles animais chegam ali. Considero aqueles seres em potência. Quem decidiu que não fossem?

Uma náusea marítima ondula o meu corpo e faz dançar o chão. As bestas empalhadas estudam-me com desconfiança. Os olhos vidrados de um gnu parecem lacrimejar.

Sinto-me tonta, será do calor? Já estou sentada, cravo os dedos no banco. "É só uma quebra de tensão", murmuro, enquanto improviso instintivamente uma expiração sincopada que se prende sem querer com os trabalhos de parto encenados nos ecrãs. Tenho o cabelo colado ao rosto pelo suor. O anel de luz da grande abóboda do teto parece girar e penso nas luzes circulares das salas de operação e penso nos médicos a falar mais alto que a sua urgência e penso que se isto é na televisão então estes médicos são atores mas que parecem mesmo médicos e pergunto se será mais fácil para uma atriz fingir um orgasmo ou um parto? Tremem-me os joelhos, reajo a uma pontada aguda no ventre e uma voz grita: "Empurre, empurre!", o calor esvai-se pelos dedos, "Força agora!", e o mundo abranda em volta dos meus olhos, "Tem que empurrar com mais força!". Ainda tenho tempo para dois pensamentos: que foi assim que me senti há alguns anos no metro sobrelotado da Cidade do México mesmo antes de desmaiar e, segundo, que desagradável quando as pessoas do Instituto Camões se aperceberem de que eu, mal aterrei, já ando por aí a desfalecer nos museus.

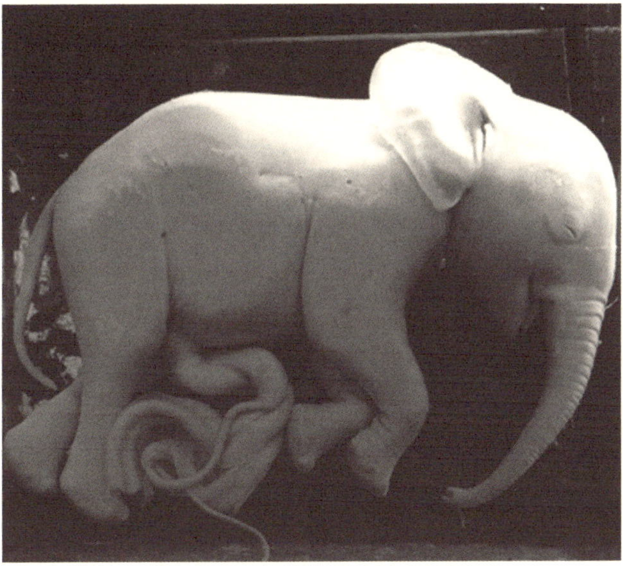

As três meninas fardadas correm ao meu encontro e amparam-me no último instante. Sopram no meu rosto. Uma voz doce:

— Senhora? Senhora?

As seis pequeninas mãos, velozes, refrescam-me com água e dão-me de beber. Em poucos dias consegui desrespeitar os principais conselhos dos guias turísticos: andei de noite sozinha, comi salada fora de casa e agora bebo água não engarrafada. Regresso a mim. Levam-me pela mão até ao jardim no exterior do edifício, sentam-me à sombra de uma acácia-rubra. Chamam-se Luana, Teodora e Karina. Dizem nomes e idade e perguntam a minha. Digo o meu nome, idade e de onde venho. "Eu estive em Lisboa quando era jovem!", replica Luana do alto dos seus nove anos. A professora vem chamá-las e elas despedem-se, eternamente alegres na minha memória. Demoro no jardim, ciente de que não conseguirei abandonar o museu sem voltar à coleção. Tergiverso por mamíferos, aves, répteis, anfíbios, peixes, insetos e outros invertebrados; secção aquática e pré-histórica. Assombro-me com o imponente celacanto, um fóssil vivo; um peixe que já era assim, como ali se dá a ver, há trezentos e cinquenta milhões de anos. Demoro-me a examinar as suas escamas, como crostas, e a interiorizar a dimensão deste número.

Leio nos painéis informativos que um leão adulto precisa de sete quilos de carne diária e a leoa apenas cinco; e que a girafa tem de afastar as pernas quando quer chegar à água. Atraiçoo-me com trivialidades a aproximar-me da montra com fetos. Evito o banco onde me sentara, coloco-me de pé, diante das vitrinas. Respiro fundo. É estranhamente despojado para um impacto tal. Não percebo a dimensão daquilo que tenho à frente, um pouco como os trezentos e cinquenta milhões de anos do celacanto, mas investidos contra mim.

Esta imagem dói-me por dentro e ainda nem tenho noção da parte mais tenebrosa. Leio as legendas. São dois textos, dispostos de ambos os lados da coleção, identificando-a como representando os diferentes estágios de uma gravidez de vinte e dois meses. A sua origem remonta à fase final da colonização portuguesa de Moçambique. Eram precisos terrenos para a agricultura e havia que limpar uma extensa área onde viviam mais de dois mil elefantes. A missão de os exterminar foi atribuída a um grupo de caçadores liderados por um tal Carreira, fiscal de caça, que foi quem teve a ideia de conservar em formalina alguns dos fetos encontrados durante o massacre. Como se tudo isto não fosse, por si só, em demasia triste, o texto da legenda revela ainda que os terrenos nunca foram cultivados.

Créditos e agradecimentos

A letra de tango na p. 19 é de Iván Diez, com música original de Edmundo Rivero (1963) e chega a mim primeiro na versão de Daniel Melingo (1998). O trava-línguas na p. 63 pode ser traduzido assim: "Chamo-me Joana e vou à praia com o meu fato de banho amarelo e como um iogurte de morango". A citação na p. 160 encontra-se em *The letters of Virginia Woolf*, volume 1, p. 465, Mariner Books, 1977.

Residência Literária Lisboa-Maputo, Serviço de Voluntariado Europeu, Programa Erasmus e Leonardo Da Vinci.

Ana Mina, Catarina Barros, Changuito, Djaimilia, Gonçalo Branco, Isabel Garcez, Jorge Reis-Sá, Mariano Alejandro Ribeiro, Mário Guerra, Mário Gomes, Miguel Clara, Mónica Lima, Pedro Gil, Sara Navarro, Zeferino Coelho e todos na Caminho e na Eloísa Cartonera.

Este livro é dedicado à Maria Antonieta, à Tónia. À mãe.

Copyright © 2022 Joana Bértholo
Edição publicada mediante acordo com
The Ella Sher Literary Agency e Villas-Boas & Moss Agência Literária

Revisado segundo o Novo Acordo Ortográfico da Língua Portuguesa.
Nos casos de dupla grafia, foi mantida a original.

CONSELHO EDITORIAL
Eduardo Krause, Gustavo Faraon, Nicolle
Garcia Ortiz, Rodrigo Rosp e Samla Borges

PREPARAÇÃO
Samla Borges

REVISÃO
Evelyn Sartori e Rodrigo Rosp

CAPA E PROJETO GRÁFICO
Luísa Zardo

FOTO DA AUTORA
Matilde Fieschi

**DADOS INTERNACIONAIS DE
CATALOGAÇÃO NA PUBLICAÇÃO (CIP)**

B538h Bértholo, Joana
A história de Roma / Joana Bértholo.
— Porto Alegre : Dublinense, 2024.
256 p. ; 19 cm.

ISBN: 978-65-5553-102-2

1. Literatura Portuguesa. 2. Romance
Português. I. Título.

CDD 869.39 • CDU 869.0-31

Catalogação na fonte:
Eunice Passos Flores Schwaste (CRB 10/2276)

Todos os direitos desta edição
reservados à Editora Dublinense Ltda.
Porto Alegre • RS
contato@dublinense.com.br

Descubra a sua próxima
leitura na nossa loja online

dublinense .COM.BR

Composto em minion pro e impresso na santa marta,
em pólen natural 70g/m², na primavera de 2024.